の重蔵　情けの剣

藤 水名子

時代小説

二見時代小説文庫

目次

与力・仏《ほとけ》の重蔵——情けの剣

第一章 雨 音

一

夜半、屋根を叩く雨音の激しさにふと目を覚ました。

臥所《ふしど》の中で寝返りをうったが、最前までみていた夢がなお続いている。目の前に迫った男の顔は、断末魔の苦痛に歪んでいた。

「斬れ、重蔵《じゅうぞう》」

背後から鋭く命じられ、刀を持つ手に無意識の力をこめるが、踏み出せない。既に男は、致命傷をうけている。重蔵は躊躇《ためら》った。

だが、

「とどめをさせぃッ」

その耳慣れた叱声《しっせい》には、体が勝手に反応した。

重蔵は一歩踏み出しざま、苦しむ男の鳩尾《みぞおち》あたりへ真っ直ぐに突き入れた。

「ぐうぅッ……」

呻《うめ》きとも叫びともつかぬ音声《おんじょう》を短く漏らして、男はその場に頽《くずお》れた――重蔵が刀を引き抜くと同時に。

足下に斃《たお》れた男を、暗然たる面持ちで重蔵は見つめた。

人を斬ったのは、はじめてだった。

十六夜《いざよい》の月が雲に隠された濃い闇の中であっても、そのとき重蔵の目には、怯《おび》えた男の顔がはっきりと映っていた。匕首《あいくち》を手にしてはいても、その手は小さく震えていた。己の命を惜しんでのことに相違なかった。

「神妙に縛《ばく》につかぬ者は容赦なく斬り捨てよ」

というのが火付盗賊改方《ひつけとうぞくあらためかた》の心得だ。

先月この部署に配属されたときから、重蔵だって充分に覚悟してきた。

同門の先輩であり、上司でもある矢部定謙《やべさだのり》からも、

「斬ることを一瞬たりとも躊躇えば、こちらが命を失う。火盗《かとう》とは、常にそういう悪党を相手にしている」

再三申し聞かされている。

悪党どもが、逃れたい一心でどのような嘘をつき、擬態を演じるのかも、火盗へ来る以前から充分に承知しているつもりだった。

「お助けください」

と土下座《どげざ》しながら、懐《ふところ》に刃を隠している賊など珍しくはなかったし、その程度の擬態なら容易《たやす》く見抜けるだろうという自信もあった。

しかし、実際に白刃を抜かねばならぬ状況に立たされたとき、重蔵の目は容易く曇った。自分に向かってくる男の緊張した面持ちを、恐怖の表情と受けとった。不覚にも、白刃を持つ手に躊躇いが生じた。

この場合の躊躇いは、即《すなわ》ちそれを用いることへの躊躇いである。用いれば即ち、恐怖に震える相手を確実に死に至らしめることになる。立ち向かってくる敵になら平然と刃を向けられても、戦《おのの》き怯える相手には矢張り憐憫《あや》が湧く。

その夜重蔵らが追っていたのは、何十人もの人を殺めて金品を奪った盗賊団の、その残党だった。一味の半数はお縄になり、半数は斬られたり逃げたりした。遺《のこ》った総勢五名の凶賊に対して、捕り方は、与力に支配された同心が三名——予断を許さない状況だった。

とはいえ、火付盗賊改方に配属されるのは、大抵腕自慢の剣の達人だ。

与力の矢部も、当然免許皆伝の使い手だった。瞬《また》く間に三人が斬り伏せられた。捕らえられれば獄門は免れぬ凶悪犯だ。それ故、賊のほうも、なんとしても逃れようと必死だった。

必死な賊の一人が、重蔵の中に生じた躊躇いを、敏感に感じ取ったのだろう。或いは、はじめての修羅場ということで、無意識にもたついていたのかもしれない。

「どけぇーッ」

そいつは、重蔵をめがけて突進してきた。生き延びようとする悪党の必死の嗅覚は侮《あなど》れない。

(来た――)

重蔵は身構え、右肩から脾腹《ひばら》へ、袈裟《けさ》に一刀に斬り下げた。僅かな躊躇いのぶん、斬り口がやや浅かったのだろう。絶命させるにはいたらず、男はなおよろよろと重蔵のほうへ向かってきた。重蔵は少しくたじろいだ。斬り口は浅かったが、急所は的確にとらえている。ほうっておいてもじきに絶命するだろう。そんな相手に二の太刀をつける必要はないだろうと思った。

だが、その一部始終を見ていた矢部は、

「斬れ」

と言った。「とどめをさせ」とも。その声にはじかれたように重蔵は反応し、とどめをさした。苦痛を訴える人間に対する、それが功徳《くどく》というものだと思ったからだ。

だが、賊を全員斬り捨て終えたあとで、矢部は冷ややかに言い放った。

「悪党に情けをかける必要はないぞ」

「情けなどかけてはおりませぬ」

「いや、震えながら立ち向かってくる相手に対して、お前は情けをかけた。それ故斬り口が浅くなり、一刀にては仕留められなんだ」

「それは……」

「死にかけた者に更に情けをかけ、二の太刀を躊躇った。それ故儂《わし》は、『とどめをさせ』と言ったのだ」

「………」

「悪人に情けは無用だ。お前は優しすぎる」

矢部の言葉は、重蔵の心に鋭く突き刺さった。

「《仏《ほとけ》》の重蔵などと呼ばれて、いい気になるでないぞ」

「いい気になどなってはおりませぬッ」

むきになって言い返す自らの声音《こわね》で、重蔵は完全に目が覚めた。

目が覚めると、忽《たちま》ち腹立たしさが全身に満ちた。

(なんだ、あんな昔のこと……)

重蔵は憮然として布団の上に身を起こし、傍《かたわ》らの行灯《あんどん》に手を伸ばす。

暮《く》れ六ツ過ぎから降りだした雨はいよいよ激しさを増していた。だが、こんな時刻に目が覚めるほどいやな夢をみたのは、陰気すぎる雨音のせいばかりではないだろう。雨のせいで湿った空気が、あの夜嗅いだ血の匂いを思い出させたに違いないのだ。

(一体いつになったら、俺は……彦五郎兄《ひこごろうけい》の言うとおりだ)

夢にみたのは、火付盗賊改方に配属されてまもなく、はじめて下手人《げしゅにん》を追いかけた折のことだった。《仏》の重蔵などと呼ばれはじめたのはここ数年のことで、もとより当時の彼にそんな呼び名はない。ただ、矢部一人が、多少の揶揄《やゆ》をこめて、そう呼んでいたにすぎない。

火付盗賊改方に配属されたとき、重蔵は既に三十近い年齢で、決して若造とはいえなかった。

にもかかわらず、元服以来十数年間籍を置いた御先手組《おさきてぐみ》では、実戦を経験することは遂になかった。それもその筈《はず》、御先手組の役目はそもそも暴動や一揆の鎮圧であり、平時には、特に御用という御用もないのである。

「折角《せっかく》の腕を鈍らせては勿体《もったい》ない」

その年、御先手組の組頭から火付盗賊改の与力となった矢部定謙の声がかりで、重蔵は火盗に移った。長く無聊《ぶりょう》を託《かこ》っていた重蔵にとっては渡りに船の嬉しい転属だった。やり甲斐のある職場で、思う存分働いてやる、との気概に満ちていた。

しかし、如何《いか》に極悪非道の大悪人とはいえ、実際に己の手で人を斬ることは、想像していた以上にしんどい仕事だった。もとより、精神的な意味でのことだ。斬ること自体は、彼が身につけてきた技術によって容易くおこなえた。覚悟さえ決めれば、造《ぞう》作《さ》もないことだった。

だが、気持ちはなかなかついてこない。如何に大義名分をふりかざそうと、命を奪うという行為の残酷さは、日々重蔵を苛《さいな》んだ。

(あの頃お悠《ゆう》がいてくれなければ、どうなっていたかわからんな)

当時を想って自嘲《じちょう》しながら行灯に火を点《とも》したとき、重蔵の目に、ぼんやり映るものがある。

「悠……」

声には出さず、重蔵はそのぼんやりしたもの——仄明《ほのあ》かりに映える昏《くら》い女の姿に向かって呼びかけた。

「いたのか」

「はい」

お悠は淡く微笑していた。

一見無地にも見える紅梅《こうばい》の着物は、当時流行していた長楽寺《ちょうらくじ》小紋で、お悠のお気に入りだった。翳《かげ》りのない大きな瞳と快活によく笑う唇《くちびる》——彼女の明るい顔だちにはよく似合った。

「いつも、信三郎《しんざぶろう》さまのおそばにおります」

部屋隅《すみ》のいつもの場所に座り、お悠は変わらぬ声音で答える。あの頃と全く変わらぬ姿、変わらぬ声音だ。

生きた人間であれば、姿も声も変わらないなどということはあり得ない。

「だが、触れることはできぬ」

いまなお自分をその幼名で呼ぶ女に、重蔵は悲しげに首を振る。

「お淋しゅうございますか」

重蔵が悲しげな顔をすれば、お悠も忽ち眉をくもらせた。

「いや——」

だから重蔵は、極力笑顔になろうとする。

わかっている。これは幻なのだ。己の弱い心が生み出した幻だ。

「淋しくなんか、ないさ」

重蔵は笑う。そうすれば、お悠も笑ってくれる。

幻でもかまわない。

会える筈《はず》のない女とこうして毎夜会い、言葉さえ交わすことができる。これ以上の幸福があるだろうか。

「お悠は淋しいか？」

「いいえ。私はこうして、いつも信三郎さまのおそばにおれますから」

あの日からずっと、変わらぬ笑顔でお悠は言う。あの日から、お悠はいつも重蔵のそばにいる。

そう信じる重蔵の心が生み出した幻ならば、それは重蔵にとって、真のお悠なのだ。

「いつまでも、いてくれ」

だから重蔵は、霊とも幻ともつかぬお悠に向かって微笑《ほほえ》み返し、行灯の火を吹き消した。

雨音は変わらず耳に喧《やかま》しいが、お悠に見守られながらなら、今度はぐっすり眠れるだろう。

二

早朝、奉行所の御用をつとめる目明かし・権八《ごんぱち》の手先で文吉《ぶんきち》という者が、八丁堀の戸部《とべ》重蔵の屋敷へ駆け込んできた。

大川端で男の斬殺死体が発見された、と言う。

「そうか」

南町奉行所与力・戸部重蔵は、下男の金兵衛《きんべえ》に金盥《かなだらい》を持たせ、口を漱《すす》いだばかりだったが、別段慌てもせずに肯《うなず》き、身繕《みづくろ》いを整えた。

通常、同心たちを束ねる立場にある与力の主な職務は奉行の補佐であり、わざわざ事件の現場に出向いたりはしない。

だが重蔵は、一昨年南町奉行所の与力に任じられてからずっと、定町廻《じょうまちまわ》りの同心と同じく、市中の見廻りもすれば、自ら現場へも出向く。市中で死体が発見されれば自ら検分し、盗みに遭ったお店《たな》があれば自ら足を運んでその惨状を仔細に見聞する。自ら調べ、必要とあれば自ら聞き込みもする。少々異色の与力であった。

「我々の仕事を奪うおつもりですか」

そんな重蔵に、当初同心たちは戸惑い、反駁《はんばく》した。

「奪うもなにも、殆《ほとん》ど毎日のように、何処《どこ》かで誰かが殺されたり、傷つけられたり、奪われたりしてるんだぜ。いやってほど、仕事はあるんだ、無理矢理おめえたちから奪わなくてもな」

苦笑を堪《こら》えて重蔵は言い、実際造作もなく自ら市中を徘徊した。

笑顔の絶えぬ人懐《ひとなつ》こい外貌と、誰にでも——それこそ、床屋の軒下で昼寝する猫にさえ、「調子はどうだい」と声をかけるその気さくな人柄に、町人たちが先ず馴染《まなじ》み、やがて同心たちも馴染んでいった。

兎《と》に角《かく》、重蔵が南町奉行所に来てからというもの、ほんの些細な、市場の喧嘩騒ぎ程度の事案でも厭《いと》わず出向いてくれるので、同心たちの煩瑣《はんさ》な仕事も多少は軽減された。なにしろ、南北あわせても、奉行所の定町廻り同心は全部で十二人しかいない。息子の出仕とともに引退して補佐的な役割を担う臨時廻りもいるにはいるが、何れ《いず》も退職後の道楽程度にしか考えていないので、戦力にはなりにくい。

だから、同心たちがそういう重蔵に慣れ、馴染んでゆくまで、半年とはかからなかった。

目明かしたちには、なにか事が起これば必ず自分に知らせるよう、言い聞かせてある。

それ故、小雨の残る早朝をものともせずに重蔵が現れても、今更驚く者はいない。

「旦那」

「番屋に運んだのか？」

「はい」

重蔵を呼びに来た若い手先の親分である権八が彼を出迎え、濡れそぼちた鬢《びん》を手の甲で拭いながら頭を下げた。「親分」と呼ばれるに相応《ふさわ》しい、恰幅のよい中年男だ。

重蔵が死体の発見場所へと到着する頃には、もとより、死体は既に近所の辻番に運び込まれている。ひと口に大川端といっても、広小路のあたりから重蔵の住まう八丁堀界隈まで、一律に大川端である。今朝死体が発見されたのは、大川というよりは、寧《むし》ろ箱崎川《はこざきがわ》の河畔であった。

「殺されて川に投げ込まれた死体《おろく》が、昨夜からの大雨で流れが変わって打ちあげられたのかもしれませんね」

「ずぶ濡れだったのか？」

「ええ、ずぶ濡れでした」

川に落ちずとも、昨夜の雨だ。普通に打ち棄てられたとしても、ひと晩雨にうたれた死体はずぶ濡れであっても不思議ではない。だが重蔵は、そんな己の考えを、あえて口には出さなかった。

とまれ重蔵は権八に誘われ、番屋へ向かう。

明六《あけ》ツから、そろそろ五ツを過ぎようとしているため、野次馬の列が、番屋のまわりに人垣を作っている。

それらの人垣をかき分け、かき分け、漸《ようや》く到着すると、番屋には、二人の同心がいた。

「戸部様」

昨年初出仕したばかりの新米同心・林田喬之進《はやしだきょうのしん》が、重蔵を見ると忽ち恐縮する。

十八歳。貧乏御家人の一人息子で、息子の出仕とともに、それまで定町廻りを務めていた喬之進の父親は臨時廻りとなった。生真面目な父親の後を継いだ喬之進には、林田の家を自分が盛り立てなければならない、という気負《きお》いがあるのだろう。誰よりも勤勉であろうとするその姿が、微笑《ほほえ》ましくもあり、少々暑苦しくもある。

「感心じゃねえか、喬」

早朝から駆けつけたその律儀さを褒めてから、重蔵は権八に問う。

「ホトケの身元はわかりそうか？」

「ええ、風体《ふうてい》からして、大店《おおだな》の主人て感じですから、じきに知れると思います」

「物盗りか？」

「ええ、たぶん」

番屋の中には、喬之進の他、古参の同心・吉村新兵衛《よしむらしんべえ》とその手先がいた。

重蔵がこういう場に気安くやって来ることに慣れている吉村は、戸部を見ても別に驚かない。軽く会釈をするだけだ。重蔵も目顔で挨拶を返す。

「何故物盗りだとわかる？」

「財布が抜かれてます」

「はなっから、持っていなかったのかもしれねえぜ」

軽口を叩きつつ、重蔵は土間に横たえられた死体に近づく。戸板からも、打ち掛けられた筵《むしろ》からも、泥に汚れた脚が覗いているのは、死体が、やや大柄な男のものだからだろう。

「物盗りめあての殺しは、今月に入ってもう三件目じゃねえか」

「…………」

咎めるような重蔵の言葉には、権八は応える術《すべ》がなかった。もとより、重蔵とて、物盗り目的の殺しが多発している責任が権八にあるなどとは夢にも思っていない。

小腰を屈めてしゃがみ込み、筵の端を捲って死体を一瞥するなり、重蔵は思わず顔を顰《しか》めた。死体など最早《もはや》見慣れている筈の男が顔を顰めるには、それだけの理由がある。

「ひでえざまでしょう」

同心歴十数年の吉村新兵衛が、重蔵の背後にまわり込みつつ権八に代わって話し出す。

「急所の他にも、何カ所も刺されてます。通りすがりの物盗りが、ここまでするでしょうかね」

「さあなぁ、ひと突きで殺したくても、その腕がなけりゃあ、闇雲に刺すしかねえだろうなぁ」

「これだけ何度も刺したってこたあ、ホトケに相当恨みをもってたからじゃないかと思うんですがね」

「なるほど」

「お、大勢で襲ったということも考えられませんか」

林田喬之進が、すかさず口を挟む。

「ああ、ないとは言えねえなぁ」

肯きつつ、重蔵はその死体をじっと見据える。

死に至るまでに何カ所も刺されたその苦痛故だろう。死相は凄まじく、吉村や彼の手下たちも何度か閉じようと試みた筈だが、見開かれた両目はどうしても閉じようとしない。

右胸と左胸に数カ所ずつ、深く抉《えぐ》るような刺し傷がある。そこから跳《は》ねた夥《おびただ》しい血飛沫《しぶき》は死体の胸元も刺した相手の体も汚した筈だが、昨夜の雨が洗い流したのだろう。死体の着物に、確かにどす黒く血の滲んだあとはあるが、着物の地色が黒っぽいせいもあり、よく見なければなんのシミなのかわからない程度の汚れである。

(だが、川に落ちて流されたとすりゃあ、着物はもっときれいに洗われてんじゃねえのかなぁ)

傷口と、その周辺の着物の汚れ具合を確認してから、重蔵は筵を戻した。

「兎に角、ホトケの身元がわからねぇと、なんとも言えねえな」

ゆっくりと腰を上げ、あとの指図を吉村に任せる旨を告げて番屋を出た。

もとより、自ら聞き込みにまわるつもりだった。

「大店の主人てのは、見当違いでしたかねぇ」

聞き込み先が十軒を超えたところで、権八が呟いた。

死体が発見された場所から考え、元柳橋から浜町河岸《はまちょうがし》界隈のお店を、虱潰《しらみつぶ》しに聞き込んでまわった。昨夜から主人が出かけたまま帰宅していない、という店を探せばよいだけなのだから、すぐにも見つかるかと思った。

だが、予想に反して、目的のお店には未だ行き当たらない。

「そうだなぁ」

権八の言葉に応じつつ、重蔵は別のことを考えていた。

確かに、あのホトケの着物は上等の紬《つむぎ》であったが、現在江戸には厳しい奢侈《しゃし》禁止令が敷かれている。豪商の主人と雖《いえど》も、外出の際には、質素な木綿《もめん》の一重《ひとえ》ものを着用するようなご時世なのだ。

（あのホトケは、他国から来たよそ者じゃねえのかなぁ）

それなら、上等の着物の意味もわかるのだが、そうなると、下手人の探索はかなり厄介になる。よそ者を殺したとなると、単純に金目当てである可能性が高くなるが、その場合、下手人をしぼることは相当困難になる。吉村が考えるような怨恨の線が考えにくくなるからだ。

(仕手《して》の多さを考えたら、喬之進の意見ももっともではあるが……)

どちらにしても、ホトケの身元から手がかりを得られないだけに、捜査は困難を極めるだろう。

(厄介だなぁ)

重蔵の足どりは、その心持ちとともに次第に重くなっていった。

火付盗賊改方の時代も含めれば、この仕事に就いて既に十年以上になるというのに、人の死に慣れるということがない。その優しさが、《仏》の重蔵と呼ばれる由縁なのかもしれないが、当の重蔵にとっては、決して褒め言葉ではあり得なかった。

「あと一軒で、このあたりの表店《おもてだな》全部まわっちまったことになりますが、どうします?」

「お、そうかい」

権八の言葉に驚き、重蔵は我に返る。

「じゃあ、その店の聞き込みを終えたら、昼飯行くか」

「え?」

「おめえ、なに食いたい?」

「いや、おいらは……」

重蔵の人柄には慣れている権八でも、さすがにここで、昼飯になにを食べたいか聞かれるとは思っていない。

「朝早くから歩きまわって、腹が減っちまった。精をつけてえから、鰻《うなぎ》でも食うか？」

戸惑う権八に向かって、重蔵は屈託なく笑いかけた。最後の一軒も、おそらくホトケの家ではあるまい。見当違いの聞き込みをして半日を潰してしまったが、それで気落ちしていたのでは、今後の調べをおこなう上での士気にかかわる。

「ありがてえ。馳走になります」

強面《こわもて》の目明かしが、忽ち満面に笑みを滲ませた。鰻は、注文してから焼き上がるまでに相応の時間がかかる。その間、ゆっくり座敷で休めるのだ。

如何にも重蔵らしい気遣いであった。

三

二百石の直参《じきさん》の家に生まれた戸部重蔵が南町奉行所の与力に任じられたのは、異例の出世といってよかった。

通常与力の職は世襲制で、かつて一度も与力を務めたことのない家柄の者がその役に就くことは稀である。

(大方彦五郎兄の口添えだろう)

と重蔵が思った彦五郎とは、いまは勘定奉行の職にある矢部定謙の、元服前の通称である。

もとより、重蔵が矢部をその名で呼ぶのは二人きりのときだけだ。

いや、近年は二人きりの場でさえも、他人行儀に、

「矢部さま」

とか、

「左近将監《さこんしょうげん》さま」

と、官名で呼ぶようにしている。

同じ御先手組の組屋敷に生まれ育ち、道場に入門する前からともに遊んだ間柄の幼馴染みだが、いつの頃からか、重蔵は矢部とのあいだに一定の距離をとるようになった。

それが何故なのか、重蔵には自分でもわからない。矢部から言われたわけでもないが、同じ火盗の上司と部下の関係になってからは、個人的に屋敷を訪ねることも遠慮

していた。

　一つには、子供の頃からの縁《えにし》をよすがにして上役に取り入るような真似をしたくなかった、ということもある。まわりから、

「矢部様の引き立てで出世した奴」

と陰口《かげぐち》をきかれるのが、なによりも口惜しかった。実際彼の口利きによって出世しているのだとしても。

　勿論《もちろん》、先年与力に抜擢された折、重蔵には喜びよりも戸惑いのほうが大きかった。

　このときばかりは我慢できず、密かに矢部の許《もと》を訪ねた。矢部にことの真偽を問い質《ただ》すつもりだったが、

「なに、与力に出世？　それはめでたい」

　完全に空《そら》とぼけられた。

「何故、無役のそれがしが抜擢されたのでしょうか」

「火盗時代の手柄が認められたのであろう」

とまことしやかに言われるほどに、重蔵の疑念はいや増すばかりだった。

　遂に堪えきれず、

「矢部様のお引き立てではございませぬか」

その疑念を言葉にすると、

「馬鹿を申すな。儂《わし》にそのような権限がある筈もなかろう」

軽く一笑に付されてしまった。

確かに、彼の言い分にも一理あった。

火付盗賊改方の与力として数々の手柄をあげた後、矢部は堺《さかい》奉行に栄転した。その後順当に大坂町奉行へと昇進し、三年間務めた。加増されて三千石の大身《たいしん》となり、勘定奉行として江戸に戻ったのが昨年のことだ。

「しかし、この栄職も長くは続かぬだろうな」

矢部が江戸に戻ったばかりの頃、挨拶に参上した重蔵に、本気か冗談か、そんなことを言った。

硬骨漢で、凡《およ》そ阿諛《あゆ》や追従《ついしょう》というものに縁のない矢部は、ときの老中はもとより、絶対君主である大御所《おおごしょ》に対してすら、遠慮会釈のない言葉を吐いた。

先年・大御所家斉《いえなり》が住んでいた西ノ丸が火災で焼け、老中たちが早速《さっそく》再建を企画したが、矢部は、

「ここ数年の飢饉《ききん》のため、諸国は困窮している。だから、大御所様には当面三ノ丸で過ごしていただき、時を待って修理、再建すればいいのではないか。それが国を治め

る道ではないか」

と一人で、これに反対を唱えた、と言う。

当然、大御所の怒りを買った。

矢部の言《げん》が正論であるため、いまのところ表立っての報復をうけていないが、それも時間の問題であろう、というのが大方の見解であった。

また、大胆な改革案を実施すべく先年その職に就いた老中の水野忠邦《みずのただくに》に対しても批判的で、平素冷静沈着な筆頭老中をして、常々、

「矢部左近将監ほど、面憎《つらにく》い者はおらぬ」

と言わしめている、という。

そういう矢部を、誇らしく思う反面、ときに重蔵は歯痒《はがゆ》くも思う。

権力の中枢にくい込める機会に恵まれながらあえてそれをしないのは、怠惰といってもよいのではないか。

結局この世は、権力を握った者が勝ちだ。志をもち、それを形にしようと思うなら、是が非でもその座に就くべきなのだ。矢部にならば、それができる。権力の座にのぼりつめることが無理なら、せめてそこへ擦《す》り寄る方策はあるはずだ。そうして、己の信じることを為せばよいではないか、と重蔵は思うのだ。

だが同時に、矢部という男には到底そんな生き方ができないということも、悲しいほどに知り抜いていた。

(人は、そうそう変われるものではないようだ)

与力になったからといって、重蔵もまた、それまでの自分を改めようとはしなかった。火盗時代と同じく、自ら市中の探索に出たし、自ら下手人の召し捕りにも出向いた。それどころか、同心たちの仕事も気さくに手伝った。奉行所同心の職務は、盗賊や殺人犯の捕縛ばかりではない。失せ物探しから喧嘩の仲裁まで、庶民の身に起こるさまざまな問題解決のために奔走するのが同心だ。

重蔵は、そうした些末《さまつ》な仕事も嫌がらずに手伝った。

(俺には、こういう仕事のほうが性に合ってるのかもしれねえなぁ)

南町奉行所に配属されてからの重蔵は、穏やかな中にもそれなりに充実した日々を送ってきたのだ。ささやかながらも人々の役に立ち、ときには見ず知らずの者からも感謝される。そんな日常には、なんの不満もなかった。

だが——。

もし重蔵の与力職就任の陰に矢部の意向がはたらいていたとしたら、それだけですむはずがない。かつての上司であり、幼馴染みであり——また、人生の《同志》である矢部定謙は、重蔵に、穏やかながらもささやかに満たされた日々を送らせるために、このような大抜擢をおこなったわけではないだろう。

(生まれ育った組屋敷の中で、彦五郎兄と出会い、毎日のように遊んでもらったあの頃から、きっと決まっていたのだろうな)

思いながら、重蔵はふと、あらぬ方向へ視線を投げる。

そこに、最も求める者の姿があると信じているからだった。

(お悠……)

お悠は少しく眉を顰《ひそ》めた憂い顔だ。

(案じるな、お悠。火盗の頃よりは、ずっとましだぞ。なにより、人を斬ることが少なくなった。……全く斬らぬ、というわけにはゆかぬがな)

「旦那?」

不意に黙り込んでしまった重蔵の顔を、権八が心配そうに覗き込んでいる。

「どうしました?」

「…………」

「着きましたよ」

「ああ」

重蔵は漸《ようや》く我に返った。気がつけば、目的のお店の前だ。重蔵は表情を引き締めた。

「畜生ッ」

裾を絡《から》げて見苦しい臑《すね》を剝《む》き出しにした男が、往来を疾走する。

三日以上は当たっていないと思われる髭面《ひげづら》の、善良とは言い難い人相の男だ。年の頃は三十半ば。

「どけどけどけぇ〜ッ」

鬼の形相で喚《わめ》きながら走れば、当然彼の行く手は綺麗に分かれる。誰も、どう見ても物騒な男とは関わりたくないのだ。

「待てぇーッ」

一目散に走る男のあとを、追う者が二人。もとより、待てと言われて素直に待つ者はいない。行き交う人々の列が自然と分かれて道が開けるのを幸い、どこまでも逃げる。たまにぼんやりして避け損なう者があれば、

「退《ど》けッ、この野郎《の》ーッ」

その体を乱暴に突き退けざま罵声を浴びせて、男は走った。

往来を行く人々は皆驚き、その場で足を止めて男が走り過ぎるのを見送った。

時刻はそろそろ七ツ過ぎ、仕事を早じまいした職人や棒手振《ぼてふ》りの者たちで、路上は埋められている。先を急ぎたい者にとってはいやな状況だ。

「おーい、誰かそいつを捕まえてくれよーッ」

「そいつぁ、殺しの下手人だぁーッ」

男を追う二人が口々に叫ぶが、誰も、聞く耳を持たない。殺しの下手人と聞いて、自ら進んで関わり合いになろうという者などいるわけがない。

追っ手の叫び声のおかげで、男の行く手は容易に拓《ひら》けた。

それで少し安堵したわけではあるまいが、男はそのとき、チラッと背後を顧《かえり》みた。追っ手がどれほど迫りつつあるか、確認したかったのだろう。

それが、大間違いだった。

男の行く手を、米俵を積んだ荷車が横切りつつあった。四つ辻にさしかかったのだ。

「あッ」

それに気づいて足を止める遑《いとま》はなく、男はそのまま、荷車に突っ込んだ。荷車の引き手は慌てて後退しようとするが、間に合う筈もない。

「うわぁーッ」

荷車に激突した男は、そのまま勢い余って米俵の上にその体を跳ね上がらせた。

「危ねえなぁ」

思わず口中《こうちゆう》に呟いたのは、往来の反対側から、たまたま一部始終を見物していた戸部重蔵である。

米俵の上で藻掻《もが》き、俵を蹴り落として起きあがろうとするも、引き手を失い不安定な荷車の上で、男はなかなか自由に身動《みじろ》ぎできない。

重蔵はゆっくり、男のほうへと歩き出した。

ほんの一瞬のことだったにもかかわらず、その荷車の周囲には人だかりができはじめている。

「畜生ッ」

積まれた米俵を派手に崩しながら大の字にひっくり返った男は、なお荷台の上で激しく藻掻いた。裏返された亀の子のようにジタバタしながらもなんとか身を起こしたが、そこへ追っ手の二人が追いついてくる。

「この野郎、手間かけさせやがって」

「おとなしくお縄につきやがれ」

「うるせえッ」

どうにか体勢を立て直した男は、懐から匕首《あいくち》を取り出し、無茶苦茶に振りまわしはじめた。荷車を引いていた男と後ろから押していた男は、ともにハラハラしながらその場で見守っていたが、男が刃物を取り出したのを見ると、驚いて車から離れる。

「こいつ、刃向かう気か」

「くそ、この野郎ッ」

二人の追っ手は、目明かしの手先だろう。

刃物を見ても、さほど驚く様子はなく、ジリジリと間合いを詰める。岡っ引きとか目明かしと呼ばれる者たちの殆どは前科者だ。従って、彼らの下で働く手先も、当然前科者である。刃物に怯えるほどの善良さは微塵もない。

よく見れば、男を追いつめている二人のほうも、相応の悪人面である。

「畜生ッ、捕まってたまるかよッ」

荷台の上から飛び降りざま、男は手先の一人に匕首で斬りつけた。

「うわッ」

間一髪で、手先はその切っ尖を鼻先にかわす。手先たちは十手《じって》を所持していない。下手人を追いつめ、捕らえた際の用意として、鉤縄《かぎなわ》という、縄の先に鋭く尖った鉤状の金具をつけたものを腰から下げているだけだ。手先の一人はその鉤縄を手に構え、鉤状の部分で男の匕首の切っ尖を捕らえようと試みた。

（二対一なら、捕らえることはできるだろうが、怪我でもしちゃあ、気の毒だ）

その様子をすぐ近くで仔細に見聞しながら重蔵は思い、

「おい」

荷台の後ろからまわり込んで、闇雲に匕首を振りまわす男に呼びかけた。

背後から敵が現れるなどとは夢にも思っていなかった男は、当然仰天する。

「な、なんでぃッ」

「真っ昼間っから、お天道《てんと》さんの下で、刃物なんぞ振りまわすんじゃねぇよ」

言いざま重蔵は、鞘《さや》ぐるみ手に取った刀の鐺《こじり》で、男の首の根あたりを、トンと突いた。さほど力はこめないが、

「あッ」

打たれた男は、その瞬間体の力が抜けてしまう。人の体のツボというものを知り抜いたが故の為様《しざま》である。

男は匕首を取り落とし、両手を突いてその場に頽《くずお》れた。

「この野郎ッ」

手先の一人が、すかさず男に縄をかける。

「畜生ッ、離せぇーッ」

我に返った男が再び喚《わめ》き出したのは、既に身動きできぬほど、グルグルに縄を巻かれたあとのことである。手先どもは、さすがに手慣れていた。

「で、そいつは一体なんの下手人なんだい？」

手先たちが男に縄を掛け終わるのを待って問いかけると、

「だ、旦那」

彼らははじめて重蔵の存在に気づき、驚いて顧みた。

手先たちは、重蔵の顔は知らないようだが、仕立てのよい羽織袴につややかに結われた小銀杏《こいちょう》という風体から、与力であることは覚ったのだろう。重蔵のほうも、もとより彼らの顔は見覚えていない。

自ら名乗ると、

「南町の戸部だ」

「あ」

二人は、ともに声にならない驚きを漏らした。名を聞いて驚くということは、彼らもまた、南町奉行所の同心に使われている者たちなのだろう。

「おめえら、誰の手先だ？」

「は、花川戸《はなかわど》の辰三《たつぞう》親分の身内でございます」

(花川戸の辰三といやぁ、確か、あのあたりじゃ名の知れた地廻りだ。どおりで手先も荒っぽいわけだぜ)

思いつつ、

「そうかい」

重蔵はゆるく微笑する。

「で、そいつはなにをやらかした？」

微笑を浮かべた顔のままで、もう一度同じことを聞いた。相手が誰であろうと、頭ごなしに恫喝するような口は決してきかない。いつも人の好さそうな笑顔を面上から絶やさないのが《仏》の重蔵だ。

「三日前、大川端にあがったホトケをやった下手人ですよ」

「なに？」

重蔵はさすがに顔色を変える。

「お、俺ぁ、やってねぇッ」

と同時に、縄をうたれて身動きできなくなった男が、声を張り上げる。

先日のホトケについては、実はまだ、身元すら明らかとなってはいない。身元も知れないというのに、下手人があがるとは一体どういうことであろう。

「どういうことだ？」

心の中でだけ反芻《はんすう》すべき言葉が、つい口をついて出た。

「こいつぁ、無宿人の亀七《かめしち》ってぇ野郎なんですが、この二、三日、妙に羽振りがよくなったって、同じ家に草鞋《わらじ》を脱いでる無宿人からのたれ込みがあったんで。殺しをやって、財布を盗んだからに違いありません」

「ち、違うッ、俺ぁ、やってねえよ！」

「やかましい、静かにしやがれッ」

もう一人の手下が、男を強《したた》かに蹴りつける。相手は罪を犯した下手人なので、なにをしてもいいと思っている。

「まあ、待て」

だが重蔵はそれを制止した。

「とにかく、番屋に連れてって、調べるんだな」

穏やかな中にも強さのこもった厳しい口調で命じた。

ろくに取り調べもせず、たれ込みだけを信じて下手人をあげる。手柄をあげたい一心で、そういう乱暴なやり方をする同心も少なくないと聞いている。だが、平然と冤《えん》罪《ざい》を生み出し、無実の者を罪に陥れるそういう強引なやり方が、重蔵はなにより我慢がならなかった。

四

「俺はやってねえ」

番屋に連れて行かれ、たまたま詰めていた木村《きむら》という同心から厳しく尋問されてから、亀七は終始、犯行を否定した。

「とぼけるんじゃねえよ」

三十になったばかりの木村は馬鹿にされまいと声を荒げ、懸命に虚勢を張っていた。

「ネタはあがってるんだよッ」

「どんなネタだか知らねえが、俺はやってねえんだよ」

見かねた重蔵は木村を目顔で制し、ゆっくりと亀七の前に立った。

「じゃあなんで、急に羽振りがよくなったんだ?」

恫喝にならぬよう極力優しい口調で、だが声音は厳しく、重蔵は訊《たず》ねる。

暴れないよう番屋の柱に縛り付けられた亀七は重蔵を見上げ、真っ直ぐ目を合わせてきた。口調こそ優しいが、亀七を見据える目に、《仏》の慈愛はない。いい加減なことを言えば命を奪うぞ、と言いたげな冷酷さだけがあった。それが、悪党の直感で亀七にも伝わったのだろう。木村に対しては剝き出しにしていた敵愾心《てきがいしん》を引っ込め、亀七は項垂《うなだ》れた。

「拾ったんだよ」

「なにを？」

「財布を、拾ったんだよ。さ、三両入ってたよ」

「何処《どこ》で拾った？」

「どこって……」

亀七は口ごもるが、懸命に考えているらしい表情だ。

「た、たしか、万年橋のたもとでさぁ」

「何刻頃《なんどき》だ？」

「あ、朝ですよ」

「朝の、何刻だ？」

「よく覚えてねぇよ」

「朝だろう？　夜ならば、酒でも食らっておってよく覚えていないこともあろうが、二、三日前の朝のことをよく覚えていないことはねぇだろう。よく覚えていないとすれば、それはお前が嘘をついているからだ」

「う、嘘なんて、ついてませんよ」

亀七は慌てて首を振る。

丁寧な言葉つきになったり、ぞんざいな口調に戻ったりと忙しいが、その理由は、重蔵には容易に知れている。

「では、何刻だ？」

「た、たしか、五ツ頃です」

「ほう、五ツかい。随分《ずいぶん》と早起きだなぁ」

「あ、いや、四ツ過ぎだったかも……」

最早、いい加減な言い逃れなど許されないということに、亀七もそろそろ気づきつつある。だから、重蔵に問われてからその問いに答えるまで、些《いささ》かのときを要するようになった。

「どうした、亀七？」

重蔵は重ねて問う。

「はっきりしねえのか？　ほんの二、三日前のことだぞ」

「よ、四ツ過ぎです。間違いありません。草鞋を脱いでる《染井《そめい》》の伊三郎《いさぶろう》親分のとこで朝餉《あさげ》をごちそうになって、それから、出かけたんですよ」

「何の用で？」

「え？」

「何の用があって出かけたんだ？　朝っぱらから、用もねえのに出かけねえだろ？」

「…………」

「でまかせを言うんじゃねえ。おめえがその日朝餉を食べたかどうか、伊三郎の子分に聞けば、すぐにわかることなんだよ」

「…………」

「いい加減、本当のことを言わねえと、下手人てことにするしかねえなぁ。おめえの与太話につきあってるほど、こちとら閑《ひま》じゃねえんだよ」

「ま、待ってくだせえッ」

それまで、上がり框《かまち》に腰掛けていた重蔵がふと腰を上げるそぶりを見せた途端《とたん》、亀七は慌てて言い募った。

「お、思い出しました。財布を拾ったのは夜でした。朝じゃありませんッ」

「夜の、何刻だ？」

「賭場《とば》の帰りに一杯ひっかけたあとですから、たぶん、五ツ……いや、四ツ頃だったと思います。いえ、本当に、はっきりは覚えてねえんです」

「その晩は、雨が降ってたはずだな?」

「ええ、そりゃ、ひでえ雨で……もう、褌《ふんどし》まで濡れちまいましたよ」

「そんな晩に、よく財布なんぞ拾えたもんだな。普通は、一目散に塒《ねぐら》へ帰ろうとするもんじゃねえのかい」

「…………」

「ただでさえ足下《あしもと》の覚束《おぼつか》ねえ雨の晩に、よくもまあ、都合よく財布が拾えたもんだなぁ」

「か、勘弁してくだせぇッ。財布を、拾ったってのは嘘ですッ」

遂に亀七は真実の叫びを発した。

もし手足を縛られていなければ、その場に両手をついて土下座していただろう。

重蔵は、このときを待っていた。

「拾ったんじゃねえとすれば、一体どうやって財布を手に入れたんだ?」

「ほ、ホトケさんの懐から……仕方なかったんですよ。賭場ですっかりすっちまって……雨ン中で倒れてたんで、死体だってことはすぐにわかったんですよ。し、しらふだったら、絶対そんなことしませんや。でも、さ、酒が入ってて、気が大きくなって、つい、ホトケさんの懐を……さぐってみたら、財布があったんで……」

途切れ途切れに亀七が語る言葉を遮らず、最後まで聞いた。亀七がすっかり言い終えるのを待って、聞かねばならぬことが重蔵には山ほどあった。


「旦那」

背後から呼びかけられた気がして足を止めたが、そこにひとの気配はしなかった。

気のせいかと思い、二、三歩歩き出してから、

(なんだ、喜平次《きへいじ》か)

気づいて、思わず舌打ちした。

「おい、いい加減にしねえか」

足を止めずに重蔵は言う。

「あんまり悪戯《いたずら》が過ぎると斬っちまうかもしれねえぜ。背中には目はねえからなぁ」

「すみません」

男は素直に頭を下げ、下げたときには重蔵のすぐ傍らにいた。

茶紺の棒縞を粋に着こなした三十がらみの男だ。

「侍ってのは、正面から来る敵より、後ろから来る敵のほうに、容赦ねえもんなんだ

ぜ」

重蔵は、長身で強面のその男を鋭く一瞥する。

旋風《つむじかぜ》を思わせる速さで近づき、気配もさせずに相手から奪い、また風の如く去る。その神業のような手口から、《旋毛《つむじ》》の喜平次と異名をとった伝説の盗賊は、重蔵に睨まれても少しも懲りた様子はなく、不敵に破顔《わら》っていた。

「悪戯するつもりはなかったんですが、旦那が、珍しくぼんやりしてるようなんで」

笑顔を消せば忽ち凄味のある強面と化すその顔を、喜平次は少しく引き締める。

「ぼんやりなんんか、してねえよ」

ニコリともせずに重蔵は応じた。

「で、なにかわかったのかい？」

重蔵が足を速めると、喜平次もそれに倣《なら》った。

時は暮六ツ。陽が暮れ落ちようとする黄昏《たそがれ》の中では、擦《す》れ違う者の顔をしかと見覚えることは難しい。ましてや、足早に行き過ぎてしまえば、たとえ路上が帰り人で溢れていようと、殆ど彼らの記憶に残ることはあるまい。奉行所の与力と強面の男が連れ立って歩いているところなど、できれば誰にも見覚えられたくはなかった。

「あのホトケは、《猿《ましら》》の辰五郎《たつごろう》一味の者ですよ」

煙管《きせる》の灰を、ポン、と煙草盆《たばこぼん》に落としてから、喜平次は言った。いつ来ても酔客で賑わう深川の居酒屋「霜月《しもつき》」の小上がりに陣取り、ぬる燗を二、三杯あけたあとのことだ。卓を挟んで向かい合った重蔵は、空になった彼の猪口《ちょこ》に、せっせと酒を注ぎかけていたが、

「《猿》の辰五郎だと?」

そのとき思わず顔を顰めた。

「ええ、それも、頭《かしら》の辰五郎の片腕といわれる《小鼠《こねずみ》》の八十吉《やそきち》です」

「頭の片腕?」

「今月に入って、同じような殺しが二件あったでしょう。あれも、《猿》の一味です」

「だが、あの二人は何《いず》れも、江戸で知られたお店の主人だったぞ」

「そりゃあ、表の顔でしょうよ。盗っ人だって、表の顔を持ってたほうがなにかと都合がいいですからね」

「だが、何故《猿》の辰五郎の片腕が江戸に?《猿》の一味は、たしか三年前に日本橋の両替商『大和屋《やまとや》』を襲ったのを最後に、江戸から逃げたはずだろう」

「ほとぼりが冷めたんで、またぞろ江戸で荒稼ぎしようってえ魂胆じゃねえんですか

い」

「なるほど」

喜平次の言葉に、重蔵は小さく肯いた。

火付盗賊改方を去って数年。重蔵がいまも名だたる盗賊たちの動向に目を光らせていられるのは、もとより喜平次のおかげである。

重蔵が、喜平次を己の密偵として使うようになってから、既に一年余りが過ぎたが、それは当人同士の他誰にも知られていないし、知られてはならない密約だ。もし知れれば、喜平次は裏切り者として盗賊たちから命を狙われることになるだろう。

「では、その《猿》一味の者たちが次々と殺されたのはどうしてだ？」

「さあ……」

喜平次は眉を曇らせ、口ごもった。

その曖昧《あいまい》な表情を見て、

（こいつ、なにか隠してやがるな）

重蔵は確信した。

しかし、それがなんなのかを問い質したところで、おそらく喜平次は答えまい。心を許しているからこそ、密偵となり、重蔵のために働いている。だが、盗賊の世界に長く身をおいてきた喜平次は、その柵《しがらみ》にいまなお根強く縛られてもいるのだろう。

だから、あえてそれ以上は問わず、

「《猿》の片腕が江戸に送り込まれたってことは、近々《猿》の辰五郎自身江戸に乗り込んでくるってことなんだろうな」

独り言のように呟き、喜平次の表情を窺った。再び徳利の酒を注いでやろうとした際、ぼんやりしていて少しく驚いた顔をした以外、特に不審な様子は見られなかった。

五

詮無《せんな》き思いに、身は細る、
かくあらば契《ちぎ》るまいもの、
今更に思えば、身こそ数ならぬ……
歌声と三味線《しゃみせん》の音色が、まるで耳に囁きかけるひそやかさで飛び込んできて、重蔵はふと足を止めた。
聞き込みの途中であることを、その瞬間だけ忘れ果てた。

(このあたりに、常磐津《ときわず》の師匠が住んでいるのかな)

誘うように艶《つや》っぽい三味線の音色に惹《ひ》かれて、重蔵はつい路地奥へと足を踏み入れた。進み行くほどに、その音色は大きくなり、やがて彼が突きあたりまで達したとき、ふっつりとやんだ。

(常磐津文字若《もじわか》、か……)

入口に下げられた看板の文字を読むともなしに重蔵は読んで、しばしそこに足を止めていた。

彼の行く手には古びた格子戸があり、その奥に、小さな一軒家が見える。

いつもなら、

「ちょっと聞きてえことがあるんだがな」

と御用にかこつけて格子戸をくぐり、その奥の閉ざされた障子戸を自ら開け放つことになんの躊躇《ためら》いもない筈なのに、何故かそれ以上は足が進まなかった。三味線の音色につられてやって来た、という後ろめたさがそうさせたのか。

(やめとくか。……これだけ奥まった家じゃあ、表通りの騒ぎも聞こえやしねえだろう)

柄《がら》にもなく逡巡した重蔵が、踵《きびす》を返そうとしたまさにそのとき、家の障子戸が開いた。

「お師匠さん、また明日」

「気をつけておかえりなさい」

「はい」

驚く間もなく、中から出てきた者たちが格子戸に到り、そこに重蔵を発見する。

現れたのは、黄八丈《きはちじょう》を着た若い娘と、それよりは少し、いやかなり年嵩《としかさ》の――おそらく、この家の主人で常磐津文字若と思われる女だった。

「寄り道しちゃだめよ、お美代《みよ》ちゃん。あんたの帰りが遅いと、おっかさんに、あたしが怒られるんですからね」

「は〜い」

まだ十五、六と見える若い弟子は小首を竦《すく》めると、師匠の言葉などまるで届いていないお俠《きゃん》な表情で表通りへと駆け出してゆく。余程急いで行きたいところがあるのか、重蔵の姿など、全く目に入らなかったようだ。

「あの、なにか御用でしょうか？」

お美代の姿が表通りの人波の中に消えるまで見送ってから、文字若がふと重蔵に向き直った。

明らかに物言いたげな様子で格子戸の外に立っていたのだ。通りかかっただけだとは到底言い難い状況だった。

「いや、たいした用ではないのだが……」

重蔵は多少狼狽《うろた》え、そのため要らぬことを口走ってから、

「数日前、この近くで殺しがあったことは知っているか？」

焦りを隠すために一旦問いかけ、

「え、ええ」

相手が戸惑いがちに肯《うなず》くまでに、どうにか自分を取り戻す。だが、

「なにか知ってることがあれば、なんでもいいから、聞かせてくれないか？」

「なにかと言われましても……」

更に困惑する女の顔を改めて見返したとき、重蔵は再び我を忘れた。

驚きのあまり、息をすることさえ忘れそうだった。

（お、お悠……）

幻のはずの亡きひとが、幻とは思えないはっきりとした色彩をもって目の前にいた。

（まさか、そんな……）

「殺されたのが何処の誰かも知らないんですよ。お聞かせするようなこと、なんにも

ありませんよ」

（声は、違う）

そのことに、重蔵は寧ろホッとした。

声までが、彼の記憶にあるお悠のものと同じなら、それ以上平静を保つことは難しかったろう。

第二章　尽きせぬ思い

一

お悠とはもともと幼馴染みで、道場に入門するまでは、しばしば、目隠し鬼や竹馬などで遊んだ仲だ。

年は、はっきり聞いたことはないが、重蔵と同じか、一つ二つ下だろうと思う。実はまだ十かそこらの頃、一度だけ訊ねたことがあったのだが、

「女に年《とし》を聞くもんじゃないわ、信さん」

と、年増女《まおんな》のような口調で窘《たしな》められ、それ以来二度とは訊く機会がなかった。訊く気もなかったが。

重蔵の生まれ育った御先手組の組屋敷には、同じような禄高の貧乏御家人が、五

〜六世帯住んでいたが、生憎《あいにく》重蔵と同じ年頃の子供は、当時屋敷の中にはいなかった。六つ年上の兄貴分の矢部彦五郎は、そこそこ遊んでくれたが、まだ文字もろくに習わぬ五つか六つの男児にとって、十一、二歳の少年は大人にも等しく、さすがに友として馴染むということはなかった。

矢部彦五郎と親しく馴染むようになったのは、重蔵が彼と同門の道場に入門してからのことである。

遊び相手のいない重蔵――当時は信三郎と呼ばれていたが――はそれが淋しくて、しばしば母や家人の目を盗んで家を抜け出し、町へ出た。

武士の子は、如何に貧乏御家人の家の子とはいえ、通常町人の子とは遊ばない。

第一、いくら重蔵が遊びたがっても、町家の子供たちが、おいそれと仲間に入れてはくれなかった。

だから、町の辻辻でのびのびと遊びまわる子供たちを見かけても、気安く声をかけられるわけもなく、重蔵はただ遠巻きにそれを眺めるだけだった。

だが、ただ眺めるだけでも、遊び相手のいない組屋敷でくすぶっているよりはずっとましだったので、家人に見咎められぬ限りは家を抜け出し、町へ出た。

町の子供たちには、平素武家の家で喧《やかま》しく言われるような堅苦しいしきたりはない。

男の子と女の子がなんの隔たりもなく一緒になって遊んでいたし、ときには手をつないだり、平気で体に触れたりもしている。

(楽しそうだな)

と素直に思った。

見られている子供たちが一体自分のことをどう思っているかなどとは考えもせず、重蔵は彼らを目で追い続けた。

そんなある日、事件が起こった。

梅雨時《つゆどき》で、掘割の水も平時よりはかなり増えていた。一人の子供が、足を滑《すべ》らせてしまった。

「新吉《しんきち》ッ」

「新吉が落ちた!」

「どうしよう。溺れちゃうよ」

他の子供たちはすっかり慌ててしまい、大人を呼びに行くということも思いつかず、ただ掘端でわあわあ騒ぐばかりだった。

重蔵は躊躇《ためら》うことなく、自ら掘割の中へと飛び込んだ。いくら水練の心得があったとはいえ、たかが六つかそこらの子供にしては些《いささ》か大胆すぎるふるまいだった。

しかし重蔵は、水の量が増えているといっても、掘割だから流れに呑まれることはないだろうと、至極冷静に判断した。さすがは読み書きも算術もできる年頃の少年に遊び相手になってもらっていただけのことはあり、元々大人びた性質だったのだろう。ともあれ掘割に飛び込んだ重蔵は、子供の背丈でやっと足がつくほどの深さの中から、溺れかけた子供を助けあげた。

掘端の柳の根元にその子を寝かせると、新吉と呼ばれたその幼童は自ら起きあがってゲホゲホと咳き込み、自力で水を吐き出した。そうなれば最早心配はないということを、重蔵はうっすらと感じていた。

「新吉、新吉ッ」

「しっかりしろ、新吉ッ」

子供たちが口々に騒ぎたてる中、

「三ちゃん、誰でもいいから、大人のひとを呼んできてちょうだい」

意外に落ち着いた声音で仲間の一人に言い放ったのは、同じ年頃の女の子だった。

「え？」

「いいから、早くッ。新ちゃんが堀に落ちた、って言えば、誰か来てくれるから」

「あ、ああ」

三ちゃんと呼ばれた男児は不得要領《ふとく》に肯いて、それでも精一杯駆け出した。仲間うちで一番足の速い者を選んで命じたのだとすれば、その女の子の聡明さは尋常ではない。

「新ちゃんを助けてくれてありがとう」

女の子は、ぼんやり立ち尽くす重蔵を顧《かえり》みて言った。

「あんなに深いお堀に飛び込めるなんて、やっぱりお武家の子って、すごいのね。勇気があるわ」

「え？」

手放しな褒められ方に、重蔵は戸惑うばかりであった。

女の子は、遊び仲間の中でも一目《いちもく》置かれる存在で、ずば抜けて利発な子であるということは、いつも見ていたので重蔵も知っている。しかし、このとき改めて、女の子の賢さに驚かされた。

女の子の名は、お悠といい、町内ではかなり賑わっている飲み屋の娘だった。

そのことがあってから、重蔵は、なんとなく、お悠たちの遊び仲間に迎え入れられた。町家の子供たちの遊びは、彦五郎が教えてくれた双六《すごろく》や五目《ごもく》並べなどとは随分違って、厳密なきまりのあまりない、実に子供らしいものばかりだった。重蔵はその単純さに、すぐに馴染んだ。というか、おそらく、そういう子供っぽいものをこそ、重蔵はずっと求めていたのであろう。

　最初に声をかけてくれたこともあり、子供たちの中でも、とりわけお悠とは仲良くなった。女の子と手をつないで往来を駆けまわっているなどということが知れたら、重蔵の両親は卒倒したかもしれない。

　それくらい、仲良くなってしまったので、

「信さんはお武家の子のくせに、お悠ちゃんをご新造《しんぞ》にするの？」

などと、子供たちのあいだで囃《はや》されても、あまりぴんとこなかった。異性という意識がすっかり薄れてしまったのだろう。

　やがて重蔵も道場に入門し、学問所にも通う年頃となると、さすがに町家の子たちと連《つる》んで遊ぶ機会は失われた。

　お悠との縁も、それで途切れるかと思われた。

　ところが――。

　ある日稽古の帰り、

「腹が減ったろう。この先に、美味《うま》い料理屋があるんだ」

　と矢部に誘われ、連れて行かれた「ひさご」という居酒屋は、お悠の父親の店だった。二畳ほどの小上がりと、土間に四～五人がけほどの卓を二つ並べただけの小さな店だが、卓の周囲に並べられた酒樽の椅子や長床几《ながしょうぎ》は粗方《あらかた》うまっている。

店を手伝っていたお悠は、重蔵の顔を見るなり、驚きと嬉しさから、つい、

「信さん」

と口走ってしまったが、もし彼女がその名で呼んでくれなければ、或いは重蔵には、成長したお悠の姿が見分けられなかったかもしれない。

一別以来数年を経たお悠は、それくらい、美しく成長していた。

「なんだ、お前たち知り合いなのか？」

矢部は意外そうな顔をしたが、重蔵の狼狽《ろうばい》ぶりがあまりに甚《はなは》だしいので、それ以上はからかう気も失せたようだ。

「評判の常磐町小町だぞ」

と笑いながら教えてくれた。

(なるほど)

重蔵は素直に納得し、そのとおりだと感心した。

「矢部さまとはどういう関係なの？」

料理を運んだ際、お悠が重蔵の耳許にそっと囁いたのを、もとより矢部は耳敏《みみざと》く聞

き逃さない。

「お前たちこそ、どういう関係だ？」

「幼馴染みです」

戸惑う重蔵にお構いなく、屈託のない笑顔でお悠が応えた。

「幼馴染み？」

「ええ、毎日のように、裏店《うらだな》の井戸端で遊んだ仲なんですよ」

「なるほど、筒井筒《つついづつ》の仲というわけか」

矢部は感心したように言うと、それ以上はあえて訊かず、注文した酒を、元服前の重蔵には与えず、一人で飲んだ。数年前に元服した矢部は、父に代わって家督を継ぎ、徒士頭《かちがしら》となっていた。徒士組も、御先手組とそう役目は変わらず、平時にはさしたる役目もないため、専《もっぱ》ら道場で腕を磨くのが、役目といえば役目であった。

「そうか、そうか、筒井筒か……よいのう」

美味いと評判の昆布鱈《こんぶたら》をつつきながら、どこか憧れるような口調で矢部は呟いた。

矢部が一体なにに憧れているのか、このときの重蔵にはわからなかったが、その後彼に連れられて稽古後に「ひさご」を訪れるのが密かな楽しみとなったことはいうまでもない。

それから一年ほどして元服し、父に代わって御先手組に入ってからは、重蔵はしばしば一人で、「ひさご」を訪れた。

徒士頭から火付盗賊改方の与力に出世した矢部は俄然多忙となり、道場に顔を出すことも少なくなった。父に代わって役には就いたが、重蔵の日常は相変わらずで、道場にも屢々《しばしば》おもむいた。そのあとでお悠の店に行くのが目的だなどとは、もとより当の重蔵自身、夢にも思っていなかったが。


「お悠は嫁にゆかぬのか」

年頃のお悠に向かって、重蔵が無神経な言葉を投げかけてしまったとき、お悠はさすがにすぐには応えず——だが、一瞬後こぼれるような笑顔になって、

「お悠は、嫁にゆくより、このお店をやってるほうが性《しょう》に合ってるみたい」

といつもの口調で言い、酒を覚えはじめた重蔵に婉然《えんぜん》と酌をしてくれた。

そのとき、お悠が心中密かに、

(信さんのお嫁さんになれるなら、よろこんで嫁《とつ》ぐけど……)

と洩らしていたことなど、もとより重蔵は夢にも知らない。

「信さんこそ、もう元服して御役にも就いているんだもの、早く御新造さんをもらわ

なきゃ」

「そうだな」

お悠の言葉に、重蔵は気のない返事をした。重蔵もまた、このとき心の中で、

（どうせ娶《めと》るなら、お悠を妻にできたらいいのにな）

と思っていたが、それはおくびにも出さなかった。

お悠が、せめて同じ組屋敷に住む御家人の子であったなら、と思ったのは一度や二度のことではない。どんなに低い身分の家でも武家の娘であれば、妻に娶ることは可能であった。

だが、どんなに惜しんでも、お悠は町家の娘だった。貧乏御家人とはいえ、直参《じきさん》の家に嫁入りすることは、不可能だった。

互いに同じ思いを抱きながら、居酒屋の女将《おかみ》と店の常連客という関係が数年続いた。

その間重蔵は火付盗賊改方に配属となり、修羅の如き日常に身を曝《さら》すようになった。

「今日は三人斬った」

「もうこれ以上の殺生《せっしょう》はいやだ」

というような殺伐とした愚痴を、お悠はいつも変わらぬ優しい顔つきで聞いてくれた。

「でも、信さんが斬らなきゃ、そいつら、何処かでまた殺生をしてたかもしれないんでしょ」

ときには慰め、

「いやなら、やめちまえばいいじゃない。信さん一人くらい、お悠が養ってあげますよ」

ときには冗談めかして本音を漏らしたりしながら。

火盗に配属されてからというもの、重蔵は、ほぼ毎日のように、お悠の店を訪れた。

勿論、両親が生きているあいだ、重蔵には何度か縁談が持ち込まれた。相手は、同じような家柄の下級武士の娘だった。火盗の仕事が危険である、という理由から、重蔵はそれらの縁談をすべて断った。

「いつ何処で命を落とすかわからぬそれがしのような者が妻を娶るなど、妻となる者が哀れでござる」

「後継ぎをもうけず、なんといたします。元和偃武《げんなえんぶ》より続く戸部の家を潰《つぶ》すおつもりですか。ご先祖様に顔向けができぬではありませぬか」

母からは再三泣かれたが、

「どうせ物の数にも入らぬ有象無象《うぞうむぞう》の家柄だ。儂《わし》の代で潰《つい》えようが、誰も困らぬ。好きにするがよい」

父は存外冷めた口調で言い、それ以上は、強《し》いて重蔵に縁談を勧めようとはしなかった。

生真面目で、役目に忠実なだけの父と思っていたが、人には言えぬ鬱屈や憂悶もあったのだろう。ともに、酒を呑んだり、釣りに行ったり、人並みの親子らしいことも結構してきたが、息子に対しても常に行儀のよい、およそ乱れたところを見せたことのない父だった。重蔵にとっては最初に出会った理想の武士でもあった。尊敬もしていた。

「有象無象とは申せ、我が家は御神君以来の家柄です。本当に、よいのでしょうか？」

突き放したような父の言葉に、重蔵はさすがに不安をおぼえ、恐る恐る訊ねてみた。

「我が家が、後継ぎを絶やすことなく、後世まで家名を残したとして、一体なんになる？」

「な、なんになる、とは？」

「たかが二百石の貧乏御家人の家に生まれた者に、如何ほどの働きができようものか」

「それは……」

「さればそなたは、無用な心配はせず、好きなように生きるがよかろう。己一代限りと思えば、少しはましな働きもできよう」

一見冷たく突き放しているかのような言葉だったが、重蔵には有り難かった。

火付盗賊改方という過酷な職務に日々命をすり減らす息子に対する、なによりの言葉だと重蔵は受けとった。


「どうしたの、こんな時刻に？」

ある晩重蔵は、閉店時刻間際になって「ひさご」を訪れた。

「すまん、もう店はしまいだな」

「いいのよ、信さん。お腹すいてるんでしょ？」

「ああ、すいてる」

暗い瞳をしているくせに無理に笑おうとする重蔵に、お悠はいつもと変わらぬ笑顔をみせた。

「なにか食べたいもの、ある？」

「そうだな……鰻《うなぎ》が食べたい」

「え？　鰻？」

「無理だよな、こんな時刻に」

「……………」

　重蔵が、お悠を困らせようとしているだけだということはわかっていた。鰻の専門店でもないのに、閉店間際まで残っている筈はないし、仮にあったとしても、いまから焼いたのでは時間がかかり過ぎる。

「できるわよ」

　それでもお悠は、精一杯の笑顔を見せて言った。

「自分の夜食用にとっておいたのがあるの。焼くと時間がかかるから、甘辛く煮てみるわね」

　ほどなく、お悠が、ぬる燗《かん》につけた二合徳利と料理を運んできた。小上がりに腰掛けた重蔵の前に置かれたのは、なんのことはない、この店の名物料理でもある煮穴子《にあなご》だったが、案の定重蔵はそれについてなにも言わない。

「信さん？」

　お悠が注《つ》ぎかける酒を、重蔵は無言で飲み、煮穴子にも無言で箸《はし》をつけた。

「美味いよ」

気のない様子で呟《つぶや》く重蔵の目は、最早《もはや》お悠を映してはいない。お悠はいよいよ、そんな重蔵から目が離せなくなった。

日頃から火付盗賊改方の職務について愚痴の多い重蔵だが、辛いからといって、

「では、辞める」

とは決して口にしたことがない。火盗が、なくてはならない職であり、やり甲斐のある仕事だとも思っているのだ。

どんなに愚痴をこぼしても、それで多少なり気持ちが晴れて、また明日から勤めに励めるものならそれでいいと、お悠は思っていた。だから嫌がらず、愚痴を聞いた。

重蔵は、火盗の同心には珍しく温厚な性格だと周囲からも言われているし、その優しさ故に、ときには堪え難いこともあるのだろう。

だが、彼のことなら誰よりもよく知っている筈のお悠も、そんな重蔵を見るのははじめてだった。それでも、

「なにがあったの？」

とは訊ねなかった。

こんなとき、女は自ら訊ねるべきではないということを、お悠はなんとなく知っていた。訊ねず、ただぼんやり察すればよい、と。

それから重蔵は、なおしばらく、無言のままに酒を呷《あお》り、肴《さかな》を口に運んでいたが、ふとその手を止め、

「日本橋の薬種問屋で、『近江屋《おうみや》』って知ってるかい？」

漸《ようや》く重い口を開いた。

「ええ、たしか、最近先代が隠居して、婿養子の若旦那があとを継いだのよね」

お悠は慌ててそれに応える。

大店の代替わりは、町家でもちょっとした話題になる。そこに、一人娘の婿がとびきり出来が悪いだの、夫婦が不仲だのという尾ひれがつけば、庶民にとっては格好の噂話だ。往来でも、湯屋や髪結い床など、人の集まる場所でも、面白可笑《おもしろおか》しく語られる。お悠の店の客たちも、それは同じだ。

「その近江屋の隠居が、若い女を向島《むこうじま》の寮に囲って、そこに入りびたりだってことも、飲み屋の噂話にのぼらねえ日はねえんだろうな」

「だって、お相手は辰巳《たつみ》の芸者さんでしょ。芸は売っても身は売らない《羽織》が、金でころんだって、そりゃあもう、大騒ぎだったのよ」

「ところが、芸者は金でころんだわけじゃなかったんだよ」

「え？」

「近江屋の先代と辰巳芸者は、本気で惚れ合ってたんだ」

重蔵には不似合いな——少なくとも不似合いと思える言葉にお悠は驚き、その暗い横顔に無言で見入った。

「近江屋の先代は、十年前女房に先立たれて以来ずっと独り身だったから、芸者を本気で後添いにしたかったんだ」

「そ、そうだったの？」

「ところが、芸者はその申し出を断ったんだよ」

「どうして？」

つい身を乗り出してしまったのは、お悠とて、噂話好きの居酒屋の女将としては仕方のないことだろう。

「近江屋の旦那に、心底惚れてたからだろうなぁ」

差し出された猪口《ちょこ》に酒を注ぐのも忘れ、お悠は喋り続ける重蔵の横顔に見入っている。

「言ったそうだぜ、その芸者。あたしなんかを後添いにしたら、近江屋さんの身代《しんだい》はおしまいですよ、あたしみたいな女を家に入れる馬鹿はいませんよ、ってな」

「それで？」

「だったら、俺が近江屋から離れれば問題ないだろう、って、旦那はあっさり、身代を婿養子に譲ったんだとさ」

「それで、先代は隠居したんですか？」

「店を捨てても、残りの人生を芸者……いや、その女と過ごしたかったんだろうな」

「そうだったんですか。旦那も思いきったもんですね」

「近江屋の先代は今年五十。隠居するにはちょいと早ぇが、残りの人生愉しむには、決して遅くねえや」

「なんだか、羨ましいような話ですね」

「ところが――」

つと、手にした猪口を卓に置いて、重蔵はお悠を見た。

「世ン中、そう上手《うま》くはいかねえや」

「なに？」

「だから、隠居した先代が女を囲って同居してた向島の寮に、賊が押し入ったんだよ」

「え？」

唐突な重蔵の言葉に、お悠は忽《たちま》ち仰天した。

「本当なの？」

だが、重蔵のほうはお悠に向かって喋っているという意識はないらしく、問い返されても、格別それに反応はしない。

「白昼堂々だぜ。いくらまわりにはろくに家もなくて、人気《ひとけ》がねえからって、大胆すぎるだろ」

「そ、それで、どうなったの？」

「勿論、間に合ったさ。火盗の手先は優秀だからな。ちょうど、内偵させてた奴らが怪しい動きをしてる、って知らせを聞いて、まさに賊が押し入ったところへ、俺たちが駆けつけた」

「ああ、よかった」

「よかねえよ」

「え？」

「賊どもめ。追いつめられて自棄《やけ》になりやがって、隠居の文蔵《ぶんぞう》を人質にとりやがったのよ」

語りながら重蔵は、本気で忌々《いまいま》しそうな顔をした。話すうちに、そのときの口惜しさが甦《よみがえ》ったものだろう。

「それで、どうなったの？」

「仕方ねえだろ。隠居を人質にとられて、俺たち火盗も、さすがに為す術《すべ》がねえや。黙って見てるしかなかったんだよ」

「そんな……」

「人質とられて身動きできねえ俺たちに、奴ら、逆に要求してきやがった。『江戸からずらかるための舟を用意しろ』ってな」

「とんでもない奴ら」

「ああ、とんでもねえ奴らだ。けど、もっととんでもねえのは、彦五郎兄だ」

「矢部さま？」

「………」

「矢部さまが、どうしたの？」

「かまわねえから、たたっ斬れ、って……」

「え？」

「人質にかまわず、一味をたたっ斬れ、と」

「そんな！」

「俺たちが駆けつけてなけりゃあ、どうせ金を奪われた上殺されてたんだから、元々ここで命を落とす運命だったんだ、ってな」

「まさか、そんな……」

お悠はさすがに言葉を失った。

火盗の与力に出世してからも、矢部は一人で、屢々お悠の店を訪れた。口数は、決して多くも少なくもなく、怜悧《れいり》な外貌故に冷たい人柄と思われがちだが、その冴えた面貌の下にかなり多めの血がかよっていることを、お悠は知っている。信じられなかった。

だが一方で、同じ火盗の役人同士というのに、何故重蔵と行動をともにしないのか常々不思議に思っていたが、今夜重蔵の話を聞いて、なんとなくわかる気もした。

「それで、信さんはどうしたの?」

遠慮がちにお悠が問うたのは、口を噤《つぐ》んでしまった重蔵が再び猪口を手にとり、二口三口と酒を呷り出してからのことである。

「勿論、踏み込んださ、上役の命令は絶対だからな」

「それじゃあ……」

「ああ、追いつめられて自棄《やけ》になった賊は、人質を手にかけようとした。……ところが」

重蔵は一旦言葉を止め、

「いままさに振り下ろされんとする賊の刃の前に身を投げたんだよ、芸者あがりのその若い妾《めかけ》が」

だが再び口を開くと激しい語気で言い、お悠には返す言葉もなかった。

重蔵の語気で、傍《かたわ》らの蠟燭《ろうそく》の明かりが小さく揺れた。

「妾は隠居を庇って殺されたが、結局隠居も別の賊に殺されちまった。……俺たちゃ、一体なんのために駆けつけたのかわからねえ」

「賊は……」

「斬ったよ、一人残らず」

「…………」

「彦五郎兄の言うとおりだ。賊を取り逃がしたら、なんにもならねえからな。俺たち火盗の仕事は、凶悪な賊どもを根絶やしにすることだ。だから、これでいいんだ。間違っちゃいねえんだ」

「信さん」

「けど……間に合ったのに。助けられたかもしれねえのに……」

小さく震える語尾が嗚咽《おえつ》に変わっていったとき、お悠は思わず、重蔵の肩に手をかけ、抱きしめていた。泣き顔を庇うように、お悠が己の胸へ誘うと、重蔵は逆らわず、その柔らかい胸に顔を埋めた。

その夜、重蔵ははじめてお悠を抱いた。

泣き出した重蔵を慰めようとしていたはずなのに、そのことが終わってから、男の胸に顔を埋めて泣いていたのは、お悠のほうだった。

「すまない、お悠」

はじめての女の涙に戸惑った重蔵が慌てて詫びると、

「違うの」

お悠は涙の止まらぬ顔のままで首を振った。

「あたし、嬉しくて……」

「え?」

「ずっと、信さんのことが好きだったの。だから、嬉しくて……」

「俺も——」

その言葉を聞くと、重蔵は更に慌てて言い募った。

「俺も、お悠が好きだ。……ずっと、好きだった」

言いながら、重蔵は懸命に思案した。

お互いに惚れ合っている上に、こうなったからは、最早お悠を妻に娶るしかないだろう。だが、それを実現するにはかなり困難を極める。どうしたものか。

思いが通じた嬉しさに泣き続けるお悠の白い肩に手をまわしてしっかりと抱き寄せながら、重蔵は懸命に思案をめぐらせた。屹度《きっと》、いい思案がある筈だと信じて——。

二

「もう一杯、いかがですか?」

耳に馴染みのある明るい声音で訊かれ、

「いや、もういいよ」

上がり框《かまち》に腰を下ろしていた重蔵は慌てて首を振った。

喉が渇いたという理由で井戸水を一杯所望したが、本当に渇いていたため、殆どひと息に飲み干してしまった。見かねたお京《けい》は、おかわりを勧めてくれたのだ。その好意を素直に受けるべきだった、と後悔した重蔵だったが、後悔したときには既に、重蔵の湯飲みには、なみなみと冷たい水が注がれている。お京が、白磁の水差しに予《あらかじ》め多めに汲んでいたのだ。

りである。

「今日は、お暑うございますね」

そういう気の遣い方までが、彼のよく知る女に酷似していて、重蔵には眩《まぶ》しいばか
深川仙台堀近くの路地で「常磐津教授」の看板を掲げる、常磐津文字若ことお京と出会ってから、ひと月ほどが過ぎていた。

あの日から、十年変わらず重蔵のそばにいてくれたお悠の幻が消え、代わって、ことあるごとに、お京の面影が彼の胸を過《よぎ》るようになっていた。

(どうして？)

そのことに、重蔵自身が混乱し、いくら自らに問うても答えが出ないことで更に混乱した挙げ句、どうしてもその答えが知りたくて、お京の家を訪れるようになった。

はじめは、殺しについて聞き込み目的で訪れたが、なにも聞き出せぬとわかってからは、別の理由が必要だった。

理由を作るのは大変で、いつも家の前まで来ては柄《がら》にもなく逡巡《しゅんじゅん》した。

(今日はやめておくか)

結局なにも思いつかず、諦めて帰りかけるところに、他行《たぎょう》していたお京がたまたま帰ってきて、

「どうしたんです、旦那」

「いや、たまたま近くまで来たもので……」

「じゃあ、折角ですから、寄っていってくださいな」

逆に勧められてしまった。

「いや、そんなつもりでは――」

予想外の展開に重蔵は焦ったが、お京は強引だった。

「では、喉が渇いたので、水を一杯もらえるかな」

玄関先で戸惑う重蔵に、中へ入るようお京は促したが、一人暮らしの女の家に図々しく上がり込むことはさすがに躊躇《ためら》われた。

だから、入口の戸は開け放したまま、上がり框より中へは入ろうとしない。

「与力の旦那にこんなことお願いするのは失礼かもしれないいんですが――」

二杯目の水を飲みはじめた重蔵に、お京が言いかけた。

「なんだい？　与力ったって、やってることたあ奉行所の同心と同じだ。なんでも言ってくれ」

「それがその……」

自分から言いかけたくせに、お京は口ごもった。

「どうした？」

お悠、と呼びかけてしまいそうになる衝動を、必死に堪《こら》えて重蔵は問う。

「それが、最近家のまわりを、変な男がうろついてるようで……いえ、あたしの思い違いかもしれないんですけどね」

「なにか、心当たりがあるのかい？」

「以前にも、あったんですよ」

「以前にも？」

「あたし、芸者あがりで、いまはこんな商売してるでしょう。きっと旦那がいるんだろう、って思うらしくて。その旦那が、すごい大店のご主人だったりしたら、面白いだろう、って……」

「一体誰が、そんなことを？」

「読売の書き手とか、その版元《はんもと》とか……」

「なるほど」

読売は後世瓦版《かわらばん》とも呼ばれることになる木版一枚摺りの出版物で、地震・大風等の災害、火事、心中などの事件をとりあげるのが普通だが、ネタに不足すると下世話な醜聞などをでっちあげることもしょっちゅうだ。

「でも、読売の書き手なら、鬱陶《うっとう》しいだけで、別になんでもないんです。あたしには、旦那なんていないし」

「そ、そうなのかい？」

重蔵はつい身を乗り出し気味に問い返した。

「最近この家のまわりをうろついてる男は、読売の書き手じゃないような気がするんですよ」

重蔵の反応にはおかまいなしにお京は言い、少し怯えた顔をした。

「なんだか、怖いんです」

「わかった。夜はお京さんの家のまわりを見張らせよう。俺も気をつけるし、目明かしにも言っとくよ」

「でも、それじゃああんまり……」

「か弱い女の身を護るのも、奉行所の大事な役目だよ」

重蔵は言い、空になった湯飲みを置いて漸《ようや》く重い腰をあげた。

（これで、この家へ来る理由ができた）

と不謹慎な喜びを全身に漲《みなぎ》らせていることは、もとよりおくびにも出さず、重蔵はお京の家を立ち去った。足どりが、無意識に軽くなり、もし彼を見知っている者がその様子を盗み見れば、とち狂ったのではないか、と疑うほどの浮かれぶりだったが、本人は全く気づいていない。

三

お悠との別れはあまりに唐突で、重蔵には全くその実感がなかった。

だからこそ、重蔵には、長らくお悠の姿が見えていたのかもしれない。お悠が自分から去り、遠くへ行ってしまったなどとは思えなかったし、思いたくもなかった。

お悠は、いまもなお、自分のそばにいる。

そばにいて、いつも自分を見つめ、自分の話に耳を傾けてくれている。そう信じなければ、到底生きてはこられなかった。

「信さん、おかえり」

男と女の関係になってからというもの、お悠は、店に重蔵が来る際、そう言って出迎えるようになった。お悠にしてみれば、せめてもの夫婦気分だったのだろう。

重蔵も、一日も早くお悠と本当の夫婦になりたい、と願いつつ、なかなか思いがかなえられぬもどかしさに苦しんでいた。

「いいのよ、このままで。信さんは歴としたお侍で、身分も立場もあるんだもの、あたしなんかを御新造にできっこないじゃない」

最初のときこそ嬉しさで泣きはしたが、その後お悠はいつもどおりの屈託のない笑顔で、再三再四重蔵に言った。

だが、言われるたびに重蔵は心苦しく、その苦しさのあまり、一時お悠の店から足が遠のいたほどである。

「どうして、行ってやらぬ？」

珍しく、矢部が怖い顔をして重蔵を叱った。

久しぶりに道場で打ち合ったあとのことだった。

「お悠の気持ちも考えてやれ」

本来その種のことには無関心な筈の矢部に言われて、重蔵は戸惑った。

(どの面下げて、お悠に会えるっていうんだよ)

「お悠は、なにも望んでおらぬ。ただ、以前どおり、お前が店を訪れることを望んでいるだけだ」

「そんな都合のいい真似が、できるわけないでしょう」

とは言わず、重蔵は、ただ恨めしげに矢部を見返すだけだった。ところが、

「たわけッ」

矢部は、まるで重蔵の心中を察したが如き的確さで叱責してきた。

「お前は一体何様のつもりだ？　まさか本気で、お悠を妻にできると思っているわけではあるまいな？」

「………」

「できるわけがないだろう。それとも、お前には武士を捨てる覚悟があるのか？」

重蔵には返す言葉がなかった。

「武士を捨て、家を捨ててもお悠を娶りたい、と思うなら、そうすればよい。誰も止めはせぬ」

重蔵は無言のまま、無情な言葉を吐き続ける矢部の顔を睨んだ。心ない矢部の言葉は重蔵の胸には微塵も響かず、ただ虚しくその体の中を通り過ぎるだけだった。

「捨てられぬのであれば、お悠の望むとおりにするしかあるまい」

「お悠の、望みとは……」

「いままでどおり、お前がしばしば店に訪れることだ」

「そんな……」

「いいか、信三郎、我らは武士だ。一度《ひとたび》武士として生まれたからは、武士の分《ぶん》を守り、武士として生きねばならぬ。なればこそ、刀を以《もっ》て人の命を左右することを許されておるのだ」

矢部はそのとき、重蔵をその幼名で呼んだ。語調は厳しく、とりつく島もないものだったが、重蔵を見返すむその目には、かつて組屋敷の中で遊んでもらった彦五郎兄の温かさ、優しさが溢れていた。

「お悠は、よくできた利口な女だ。すべてを承知した上で、お前に惚れた。故にお前は、その思いに応えてやらねばならぬ」

「だからこそ、私はお悠を妻にしたい、と……」

「たわけッ」

今度は、叱声とともに、その拳固《げんこ》が重蔵の顔面を強襲した。

——ぐぅッ、

重蔵は呻き、翻筋斗《もんどり》うってその場に転がった。道場の床に倒れるなど、何年ぶりのことだったろう。

「いつまで、三つ児のようなことを申しておる。この世のことで、己の思いどおりになることなど何一つないのだと、よい歳をして何故わからぬ。そして、思いどおりにならぬからこそ、懸命に生きる意味もある。……それは、我ら武士に限ったことではないぞ。町人も農民も、思いどおりにはならぬ生を、皆、精一杯、懸命に生きるのだ。お悠もな」

「…………」

「なにも望まず——だが願いだけは懐《いだ》き続けながら、懸命に生きているお悠に報いるには、お前も懸命に生きる以外にないではないか」

重蔵は冷たく固い床に倒れたまま、呆気にとられて矢部の言葉を聞いていた。

矢部が、重蔵に対して己の思いを述べたのは、後にも先にもこのときだけだった。彼の言わんとすることは、あまりに観念的過ぎて、正直重蔵にはよくわからなかったが、これまではどちらかといえば、賢いとかものに動じないという印象しかなかった矢部彦五郎定謙が、重蔵のために激してくれたということが嬉しかった。

だから重蔵は、素直に彼の言に従った。即ち、その後再び「ひさご」に、お悠の許《もと》に通いはじめた。

その頃「ひさご」の常連客となった者に、東次《とうじ》という、四十がらみの小太りの行商人がいた。

東次は上方《かみがた》の出身で、

「東《あずま》の食い物は口にあわんだろと思うてましたが、この店は別や。女将も、別嬪《べっぴん》やし」

見えすいたお世辞を大声で喚《わめ》いてもそれほど厭味に聞こえないのは、人懐《ひとなつ》こく見える、丸っこい外貌故だろうと思われた。すぐに他の常連客たちとも仲良くなり、重蔵にも気安く声をかけてくるようになった。

「旦那、お悠はんのええひとやいうんは、ほんまですか？」

もとより、「ひさご」に来るときは黒紋付きなど着用せず、身分も極力隠している。東次も、まさか相手が、泣く子も黙る火盗の同心とは夢にも知らずに軽口をたたいたものだろう。

「ええなあ。やっぱり、江戸はお侍のまちやなぁ。……上方やったら、ありえまへんわ。上方の女は、お侍なんぞ相手にしまへん」

「おい、いい加減にしろよ」

「戸部の旦那とお悠ちゃんは、幼馴染みなんだよ。……なんだっけ、ほら、井戸のまわりで背比べするってやつ……」

「筒井筒、だろ」

「そうそう、その筒井筒の仲なんだよ。言葉に気をつけな」

重蔵とお悠の仲を知っている者たちが口々に言い、東次を窘《たしな》めたが、

「こりゃ、驚いた。筒井筒でっか？　東で、そんな雅《みやび》た言葉を聞こうとは夢にも思いまへんでしたわ」

東次は一向悪びれず、憎まれ口をきき続けた。だが、そんな憎まれ口をきいても、江戸っ子たちは許してくれると、承知の上での暴言なのだろう。実際、東次の暴言は、座を盛り上げる結果にしかならなかったし、重蔵も、彼に対して格別いやな感情を抱きはしなかった。

「東次さんて、面白いでしょう」

客たちが引き上げ、店を閉めてから、お悠がわざわざその名を口にしたときだけは、些か気になった。お悠が、重蔵と二人きりのときに自ら店の客のことを話題にしたのはそれがはじめてだったからだ。

「何者なんだ？」

少し気になり、問うてみた。

「さあ……飾り物なんかを商《あきな》ってるって聞いてますけど」

「ああ、どおりで口が上手《うま》いわけだ」

重蔵は納得した。

飾り物といえば、一般には床の間などに置く美術工芸品をさすが、それだけでは商売にならないので、簪《かんざし》や化粧品など、若い娘が好みそうな品も携《たずさ》えている。いや、地方をまわる行商の者などは、寧《むし》ろそれを中心に商っている、という。若い娘には限るまいが、女を相手にすることが多いため、飾り物を商う者は、自然と口が上手くなる。

納得すると、重蔵はもうそれ以上、東次という、見かけの粗暴さの割にはどこか憎めぬ愛嬌をもった男への興味を失った。

男としても、火盗の同心としても、それは致命的な失態であった。或いは、先日の、近江屋の隠居と妾の一件以来、火盗の職務に対して、些《いささ》か熱意を失っていたのかもしれない。

同じ頃、江戸では、若い娘が襲われ、陵辱《りようじよく》された挙げ句殺される、といういたましい事件が多発していた。

なにしろ唯一の目撃者である被害者が殺されてしまうため、手懸かりらしい手懸かりはなにもなく、町方も火盗も、途方に暮れるしかなかった。

「むごいことしやがる……」

そう呟くしかない娘の死骸を前に、重蔵は暗澹たる気持ちになった。

せめて一人でも多くの悪党を葬り、一人でも多くの人を救いたい、と願いながらこの職務についてきたが、そんなものは結局なんの意味もないのではないか。次から次へと葬っても、悪党など無尽蔵に湧いてくるものだし、人の世が続く限り、それは決して尽きることがないのではないか。ならば、自分たちのしていることは一体なんなのだろう。

漠然とした虚しさに襲われ、日々の職務にも身が入らなくなったある日――。

重蔵は、街角で意外な光景に出会《でくわ》した。

いや、商売柄、別に意外なことではないのだが。

珍しく人通りの途絶えた広小路のはずれで、火盗の目明かしとその手先が、下手人《げしゅにん》と思われる男を追いつめているところだった。

「この野郎ッ、観念しろいッ」

「てめえの仕業だろうがッ」

「………」

うっかり裏路地に踏み入り、そのどん突きで追いつめられた男は震えながら土塀を背に小さく蹲《うずくま》り、両手で顔を庇っている。目明かしたちの暴行を恐れてのことだろう。

十手《じって》の威光を借りて必要以上に居丈高になるそういう輩《やから》が、重蔵は大嫌いだった。

「おい、どうした？」

だから、彼らの背後に立ち、不機嫌な声で呼びかけた。

「え？　あ、旦那」

「これは、旦那、ご苦労様でございます」

手下と目明かしは重蔵を見ると畏《かしこ》まって頭を下げた。

「そいつ、なにしでかしやがったんだ」

「若い娘を何人も犯して殺した、その下手人ですよ」

「なんだと？」

「ち、違いますッ。手前はなにもしておりません」

と蹲ったままこちらを振り仰いだ男の顔には見覚えがあった。

「とぼけるなッ、一昨日の酉《とり》の刻頃、てめえが若い娘を、あの小屋に連れ込むところを見たって奴がいるんだよッ」

と目明かしの言う小屋とは、昨日また娘の死体が発見された竪川《たてかわ》沿いの古い番小屋のことだろう。

「ひ、人違いですッ。手前は、一昨日のその時刻には商いに出ておりました」

と必死で言い募る男の言葉つきに上方なまりはなかったが、その男の顔は、重蔵もよく知る、「ひさご」の常連、東次のものに相違なかった。

「お前は……」

「戸部の旦那……」

東次のほうでも、そこに重蔵の姿を見出し、驚いたことだろう。

「ご存知なんですかい？」

「ああ」

戸部が肯くのを見て、自信を取り戻したのか、

「旦那、言ってやってくださいよ。この親分さんたち、なにか勘違いしてらっしゃるんですよ」

ここぞとばかりに声を張り上げた。

「なんだとう、この野郎ッ」

「まあ、待て」

重蔵は目明かしを制止した。

目明かしだの手先だのといった連中は元々荒っぽいものだが、凶悪犯を相手にする火盗の目明かしは、当然輪をかけて荒っぽい。このまま番屋にしょっぴかれれば、自白するまで、厳しい拷問にかけられることになるだろう。通常、奉行所の同心に連行されたのであれば、大番屋と呼ばれる取り調べ兼拘置所のような場所へ連れて行かれ、正規の入牢証が出されるまでは牢に入れられることもない。拷問などは、小伝馬町の牢に送られ、更に厳しい詮議を受けた、そのあとの段階だ。

だが、火盗の取り調べに、そんな手ぬるい段階を踏むことは必要とされない。下手人と思《おぼ》しき人物を連行したら、即ち厳しく締め上げられる。

満更知らない仲でもなし、到底悪人とは思えぬ東次がそんな目に遭わされるのは気の毒だと思い、

「この男は東次といって、俺の飲み友だちだ。ここは、俺に免じて、放してやっちゃくれねえか？」

「え、でも、それは……」

「なんなら、俺が保証する。こいつは悪人じゃねえよ」

「…………」

目明かしとその手先は、不満顔をしながらも、仕方なく重蔵に従った。彼らは、先

輩の同心が使っている目明かしだから、あとで文句を言われるかもしれないが、かまうものか、と重蔵は思った。

「おかげで、助かりました」

着物の土を払った東次は、歩き出した重蔵のあとを追ってきた。

「奉行所のお役人だったんですね」

東次の言葉に、重蔵は答えなかった。

わざわざ火盗だと訂正してやる必要はないだろう。

「ここで旦那に会えるなんて、渡りに舟……いや、地獄に仏とは、ホントにこのことですよ」

「ところで東次――」

耳許近くで発せられるその声が耳障りで、重蔵はつい底意地の悪い言い方をしたくなった。

「お前が上方言葉を使うのは、『ひさご』にいるときだけか」

東次がそのとき、どんな表情をしたか、重蔵は確かめるべきだった。だが、重蔵は東次を一顧だにしなかった。何故かこのとき、自ら危急を救った男に対して、小爪の先ほどの興味も湧かなかった。

「ははは…身に覚えのない罪着せられそうになったら、もう怖くて怖くて、くにの言葉も忘れてしまいましたわ」

もしこのとき顧みていれば、必死に作り笑いする東次の、そのあまりに懸命すぎる形相を見ることになった筈なのだが。そしてその顔を一瞥していたなら、重蔵の、東次に対する印象も確実に変わっていた筈なのだが。

四

お悠を喪ったときの無念を思うと、いまでも重蔵の体は怒りに震える。

(すべて、俺のせいだ)

その怒りは、最早下手人に対するものではなく、最悪の結果を招いてしまった自分自身への怒り以外のなにものでもなかった。

お悠を手にかけた下手人は、その場で一刀に斬り捨てた。

いや、絶命してもなお、その屍体を鋒《きっさき》で抉《えぐ》り続けた。一刀で絶命させてしまったことを悔いながら。もっともっと苦しませ、悔悟の涙を流させた挙げ句に、地獄の底へ叩き込んでやりたかった。

あれほどの憎悪を覚えたのは、後にも先にも、あのときだけだ。

思い出すのもおぞましい、いやな思いだ。

もう金輪際《こんりんざい》、あんな思いはしたくない。

だからこそ、

(お京のことは、絶対に護らねば)

という思いが、いや増した。

お京の家の周辺に目を光らせるよう、目明かしの権八とその手先たちに命じたのは言うまでもなく、重蔵自身、一日の巡回の中で、必ずお京の家に足を向けるようにした。

《猿《ましら》》の辰五郎一味の者ばかりを狙った殺しの件も忘れたわけではなく、もとよりその探索も続けている。続けてはいるがしかし、どうしても、お京のほうに気持ちが向いてしまう。

重蔵の中からお悠の面影を消した「文字若」お京の素性については、頼みもせぬのに権八が調べてくれた。

年は二十八。十年前には、本人もチラッと口にしたとおり、《染吉《そめきち》》という源氏名で深川の羽織芸者としてお座敷にあがっていた。

「なかなかの、売れっ妓《こ》だったようですぜ」

　重蔵の気持ちを見透かしたように権八が言うのを、些か不快な気持ちで重蔵は聞いた。気になる女が、数多くの男たちの目に触れて、剰《あまつさ》え、夜毎《よごと》彼らに熱い眼差しを向けられていたなどという事実は、微塵ほども知りたくもない。勝手かもしれないが。

　芸者をやめ、いまの家に落ち着いて常磐津教授の看板を掲げたのは三年前。芸者をしていた関係で、置屋の女将たちが芸者修業中の娘を通わせてくれるため、暮らし向きはどうにか成り立っているらしい。

「なかなかの売れっ妓だったというのに、身請けしようという旦那が一人も現れなかったとは奇妙だな」

「それが、身請けしたい旦那衆は、一人や二人じゃなかったらしいんですよ」

　訳知り顔で言う権八のことが、重蔵には一層小面憎《こづら》かった。ならば聞かねばよいだけの話なのに、つい身を乗り出して聞かずにはいられない。そういう自らの気持ちさえもが、重蔵には疎《うと》ましかった。

「少なくとも、五～六人からの、大店《おおだな》の旦那や御大身《ごたいしん》の当主が名乗りをあげたそうです」

「その話を全部断ったのか？」

「ええ、全部断っちまったそうで」

「なんで、また?」

というのは、嫉妬とは無関係の、純粋な疑問だった。盛りを過ぎた女が——勿論重蔵はそうは思わないが——残りの短くもない人生、一人で生計《たつき》をたててゆくのは生易《なまやさ》しいことではない。ましてや、こんなご時世だ。誰かの世話になるのが楽だし、芸者あがりの女にとってはそれほど奇異なことでもないだろう。名乗りをあげた馴染み客の中には、一人や二人、好もしい、と思える相手もいたのではないか。だから、

「惚れた男がいたそうです」

という権八の答えに、重蔵は激しい飛瀑《ひばく》に打たれたかと思うほどの衝撃をおぼえた。

(惚れた男が……)

本来ならば、目の前が真っ暗になっていいほどの言葉ではあるが、重蔵もさすがに二十歳そこそこの若造ではない。仮に当時のお京に惚れた男がいたとしても、いまなおその男が彼女の中に居座り続けているわけでもあるまい、と如何にも自分に都合よく解釈した。

衝撃を受けたのは、惚れた男故に、生計の道さえ断ってしまうというその情の強《こわ》さに対してである。

（可憐な顔に似ず、大変な女だな）

しみじみと、重蔵は思った。

「ところで旦那、妙な野郎が家のまわりをうろついてるってのは、どうやら、旦那の気をひきてえためのでまかせでもねえようですぜ」

「誰もそんなこと思っちゃいねえよ」

渋い顔で言い返した重蔵の耳に、聞き捨てならないことを、権八は吹き込んだ。

「お京の家のまわりをうろついてた野郎、少なくとも、堅気《かたぎ》じゃありません」

「見たのか？」

「ええ。勝手口から中を窺ってたんですが、こっちに気づいて、すぐに逃げ出したんですよ」

「それで？」

「もちろん、あとを追いました。が、まかれちまいました。ありゃあ、素人の身ごなしじゃありません」

「どんな男だ？」

「顔はチラッと見ただけなんで、なんとも。……三十がらみで、目つきの鋭い男でした」

「そうか」

重蔵は考え込んだが、その漠然とした情報だけで、もとよりよい思案が浮かぶわけもない。

「相手が素人じゃねえってことは、いますぐお京の身に危害が及ぶことはなさそうだが、引き続き、見張ってやってくれ」

「どうしてそう言い切れます？」

「え？」

「いえ、相手が素人じゃねえと師匠の身に危害が及ばねぇってのは、どうしてなんです？」

「ああ」

権八の素朴な疑問に、重蔵は少しく苦笑した。

「目明かしの尾行をまんまとまくほどの相手なんだろ。その気になりゃあ、とっくにお京をどうにかしてるよ。それが、なんの手出しもしてねえってことは、はなからその気がねえんだろうよ」

「はなからその気がねえのに、どうしてうろつくんですかね？」

「その理由はわからねえ。わからねえから、気をつけてやってくれ、って言ってんだよ。俺も気をつける」

「旦那」

「頼んだぜ」

と言い残して去る重蔵の背を、神妙な顔で権八は見送った。

独り身で、これまで、浮いた話の一つもなかった《仏》の重蔵も、どうやら生身の男であるらしい。すわ、色恋沙汰か、と浮き足だった己を、権八は恥じた。そういう浮ついた想像の付け入る余地がないくらい、そのときの重蔵は真剣な顔をしていた。

少なくとも、女に惚れて、その女の身辺を手先にさぐらせようとしている下世話な男の顔ではなかった。

第三章　《旋毛《つむじ》》の喜平次

一

「ガキの頃、近所に同じ年頃の遊び友だちがいなくてね」

お京の淹《い》れてくれた茶を二、三口啜《すす》ってから、重蔵はやおら喋り出す。声の調子も顔つきも、いつもどおりである。

「親や家人の目を掠《かす》めて、ちょくちょく町へ出たんだ。遊び相手がほしくてね」

一度喋り出すといつしか夢中になり、止め処《とど》もなく話した。

「親に見つかると、侍の子は用もないのに表へ出るものじゃない、と叱られたが、なに、知ったことじゃない」

お京は黙って聞いている。

　ときどき、緩やかに微笑《ほほえ》み、

「それで、町の子供たちと遊んだんですか？」

　問い返したりする。

「いや、侍の子なんかと迂闊に口きいちゃいけねえ、って言われてたんだろ。誰も、相手にしちゃくれなかったよ」

　重蔵も口許を弛《ゆる》め、しばしお京の顔に見入った。

　そして無意識に首を傾げる。

（よく見ると、そんなに似てないかな）

　お京の家のまわりをうろついていたのがどうも堅気ではないらしいと知ってから、重蔵はたびたび彼女の家を訪れるようになった。

　変わりがないか、自分の目で確かめたかったからにほかならないが、

「どうぞ、おあがりくださいな」

　勧められると断りきれず――いや、実際には自らすすんで、家にあがり込むようになった。

　そして訪れるたび、とりとめもない昔話をして過ごす。気がつけば、一刻あまりが過ぎていることも屢々《しばしば》だった。

（はじめて会ったときは、どうしてあんなに似て見えたのかな？）

　重蔵はぼんやりお京の顔に見入ったままだ。

「だから？」

「え？」

　不意に問い返され、しばし戸惑ってから、

「ああ、だからいつも、見てたんだよ。黙って、見てるだけだった」

　笑顔を絶やさず重蔵は言ったが、

「見てるだけ？」

　お京はあからさまに小眉を顰《ひそ》めた。

「遊んでいる子供たちを、見ていたんですか？」

「ああ、見てた。さぞかし気持ち悪かったろうな。侍の子が、わけもなく町場にいるってだけでも、いやなもんだろう」

「そりゃ、お武家の子が用もないのに一人でそこらをうろうろしてるとこなんて、滅多にお目にかかれませんからね」

「だから、気持ち悪がられて、口きくどころか、誰も、目も合わせちゃくれなかったんだぜ。……あの日掘割の水が増えてなきゃ、あのままずっと、見てるだけだったろうな」

「掘割の水がどうしたんです？」

「いや、その話は長くなるんで、また今度にするよ」

重蔵があっさり話題を変えたのは、その思い出話を、お京に対してすることが、さすがに躊躇《ためら》われたからにほかならない。

「いやですよ、旦那、勿体《もったい》つけて。次に旦那が来てくださるのが楽しみになっちまうじゃありませんか」

お京の言葉にも顔つきにも、あからさまな媚《こび》が含まれていることに、重蔵は些《いささ》か気恥ずかしさをおぼえた。もとより、気恥ずかしさとともに、多大な嬉しさも感じている。

「いや、とにかく俺は、ガキの頃から、武士の家が、いやでいやでたまらなかったってことさ」

強引に話題を変えながら、重蔵はなお、お京の顔に見入っていた。

（やはり、似ている）

そう確信したとき、いまだその手にすらも触れたことはないというのに、何故か甘美なものが身の内に流れ込んでくるようで、重蔵は慌てた。

いい歳をして、まるで少年のような鼓動の刻み方だった。

その日重蔵がお京の家をあとにしたのは、酉《とり》の刻（暮六つ）過ぎだった。黄昏《たそがれ》の薄闇が、磨《す》りはじめたばかりの墨の如く、徐々に周囲の色彩を奪いつつあった。闇の匂いに追われるようにして、人々が家路を急ぐ時刻である。

（妙だなぁ）

重蔵は頻《しき》りに首を傾げている。

お京は、何故会うたびに、亡き人に似て見えたり、全くの別人に見えたりするのか。本当に、不思議だった。

（顔立ち自体は、そんなに似ていないんだよなぁ）

なのに、はじめて彼女を見たときは、何故あれほどよく似て見えたのか。

（つまり、それが惚れた、ということか）

今更ながらに思い、自ら困惑する。いい歳をして、なにを戯《たわ》けたことを、と自らを叱る。その一方で、

（お京は好い）

と素直に認めてもいる。

お悠に似ているかどうかは別として、顔立ちも話す声音も気立ても、すべてが重蔵の好みどおりだった。

だが、だからといって、この先どうしよう、という気も、重蔵にはないのである。いい歳をして、と自分でも思うとおり、惚れた女をどうしようという気もないのだから、子供よりもタチが悪かった。子供なら、好きな異性ができれば素直に夫婦になりたい、と望むものだろう。その望みがかなうかどうかは別として。

（いまさら、夫婦など……）

自らの心に湧いたものを苦笑とともに自ら打ち消したとき――。

（…………）

いつもの辻を右に折れたところではじめて、重蔵は背後に迫り寄る剣呑《けんのん》な気配に気づいた。

いつもの、というのは、お京の家から八丁堀の自分の屋敷へ帰る際にいつも通る道という意味だ。日頃重蔵は、尾行や待ち伏せを警戒して、なるべく同じ道を通らないようにしている。

三日ぶりくらいでお京の顔を見て、話もしたせいだろうか。無意識に油断していたのかもしれない。

（尾行《つ》けられたのは仕方ないとして……）

裾《すそ》を気にするふりをして、重蔵はふと足を止めた。

前方に待ち伏せの気配がないかを確かめるためにほかならない。

だが、充分に確認しきれぬまま、再び歩を進めるしかなかった。

こちらが尾行に気づいたことを、尾行者に気づかれてはならない。気づかれたとわかれば、時を逃すことを恐れ、敵は遮二無二《しゃにむに》襲ってくるかもしれないからだ。相手の人数がわからぬ状態で戦闘態勢に入ることは、できれば避けたい。

戦って、どうにかなる人数ならば相手をするが、到底勝ち目のない大人数に立ち向かうつもりはない。さっさと逃げ出すだけだ。

（まずいな）

思いつつも、重蔵の足は無意識に速まっていた。すると、背後の気配も忽《たちま》ち足を速め、重蔵との距離を詰めてくる。

もとより重蔵は、このまま進めば何処に待ち伏せの人数が潜《ひそ》んでいるのかを、薄々察している。だから、そこに到る前に道を変えたいが、尾行者に凄い勢いで間合いを詰められるとそれが難しくなる。逃げられたくない一心で、襲撃を早めてくるからだ。

（駄目だ、来る――）

と思い、重蔵は反射的に鯉口《こいぐち》を寛《くつろ》げた。

後方の尾行者に向かってではない。

敵は、前方の柳の幹陰から不意に現れた。着古した着物に袴《はかま》の浪人風体だが、年はまだ若い。三十前――或いは二十歳そこそこかもしれない。

隙だらけの構えで、大上段に振り翳《かざ》している。相手は一人と見て、タカをくっているのだろう。おそらく雇い主は、重蔵が心形刀流《しんぎょうとうりゅう》の使い手であることも、火盗改めにいたということも、この者たちに知らせていないに違いない。

――シャッ、
敵の凶刃は空を斬り、腰を落としざまに、重蔵はひと太刀、逆袈裟《ぎゃくげさ》に斬り上げた。

「ぎゃッ」

重蔵の切っ尖は、空を斬った敵の刃を跳ね上げ、同時にその若い浪人の手首から鮮血を噴かせた。

刀を取り落としてその場に蹲《うずくま》った男を、重蔵は軽々と飛び越える。

だが、飛び越えた先には更に敵が待ち受ける。それも、三人。

(迂闊に突っ込んでこないとは……こやつらはそこそこの手練《てだれ》だな)

飛び越えると同時に、重蔵は刀を構え直さねばならない。

職務柄、人に恨まれることは少なくない。殊に、火盗の時代には、闇雲に働いた。多くの下手人《げしゅにん》を――盗賊を人殺しを放火犯を、捕らえ、死罪へと追いやった。或いは、その場にて討ち取った。逆恨みされるのも仕方ないと諦めている。こうして路上で命を狙われるのも、別に珍しいことではなかった。

「………」

二人目と三人目の敵は、声もたてず、ほぼ同時に、重蔵の右側と左側の両方を狙ってきた。巧みに身を捻り、間一髪でかわしたつもりだったが、かわしたと思った次の瞬間、

じゅッ、

と熱い焼け火箸を当てられたような痛みが右脇に走った。

斬られたのだ。

(畜生ッ)

しかし、苦痛に顔を顰《しか》めつつ、重蔵は同時に、向かって右側にいた男を大上段から両断している。最早、相手の命を奪わぬための配慮などは無用であった。

更に踵《きびす》を返し、背後にまわり込もうとする男の剣先を強《した》かに叩く――。

(これじゃ、もたねえ)

尾行者たちもすぐ間近に迫っている。

背後の敵は、全部で三人だった。さすがに手に余る。しかも、浅傷《あさで》とはいえ手負いとなってしまった。

（なんだか、調子が悪いな）

体が思うように動かない。

重蔵はそのまま背後からの敵に向かって突進した。

侍といっても、相手は金で雇われた破落戸《ごろつき》同然の輩《やから》だ。恥など知らない。当然、間合いもはからせず、三人同時に斬りかかってくる。重蔵は一瞬だけ足を止め、予定どおりに最初の一人を軽くやり過ごした。次いで、すぐ二人目の男の正面に立ち、殆ど体勢を整える余裕を与えず、その胸倉へ真っ直ぐ剣先を突き入れた。

「ぐぅ――ッ」

低く呻いて、そいつはガクリと頽《くずお》れた。

だが――。

「う……」

次の瞬間、三人目の男の切っ尖が、期せずして重蔵の右脇を刺した。最前斬られたのとほぼ同じ箇所だが、桁違いの深さだ。

（くそッ）

男の鳩尾《みぞおち》から抜いた刀を、抜きざま横殴りに放ったので、重蔵を傷つけた男は翻筋斗《もんどり》うってその場に倒れたが、とどめを刺している暇はない。男の体を踏み越えて、元来た道へと駆け出した。

とにかく、人通りの多いところを目指して重蔵は走った。何処の誰が自分の命を狙わせたか、などということを考える必要はなかった。考えても、どうせ答えに辿り着かないことはわかっている。

日没を迎えても未だ人足《ひとあし》の絶えぬ永代橋まで来ると、重蔵は漸《ようや》く走るのをやめた。さすがに、もう追ってくる者はいないと判断したからだ。

（痛ぇ……）

安心すると、忽《たちま》ち痛みが全身に満ちた。

南町奉行所に配属されてからは、火盗のときのような危険な現場に出向くことなど殆どなくなった。白刃に身を曝《さら》す機会自体が格段に減ったのだ。久しぶりの刀創《とうそう》といってもいい。

（まずいな）

斬られた右脇腹を押さえつつ、重蔵は思案した。未だ血が止まっていないのか、傷口にあてた掌《てのひら》が忽ちなま温かいもので濡れる。

手傷を負うのは、無論これがはじめてではない。だが、このまま自宅に戻ることが、重蔵には躊躇《ためら》われた。家には、心配性の老下男・金兵衛がいる。

「だ、旦那さまッ、一体何奴がこのような狼藉《ろうぜき》を……旦那さまッ」

大騒ぎすることは目に見えていた。

手傷を負った体に、老人の大騒ぎする姿は些か応えそうだ。

(そうだ。たしか、あいつのうちがこの近くだった筈……)

痛みにふらつく重蔵の脳裡に、ふと、一人の男の顔が浮かんだ。

(あいつなら、まあ、いいだろう……)

思案するまでもなく目的地は定まり、重蔵の足は迷わずそちらを目指しはじめた。


「はい、焼酎とさらしですよ」

「すまねえな」

家主が置いてくれた徳利《とっくり》と真新しい白い布の束に軽く拝む仕草をしてから、重蔵はやおら肌脱ぎになった。

鈍《にび》色の肌襦袢が、すっかり血に染まっている。それを家主に見せぬよう、重蔵は巧みに体の向きを変えた。

「そんなとこじゃ、なんですから、中に入ってくださいよ、旦那」

「いいよ。部屋を汚しちゃ申し訳ない」

家主の再三の申し出を丁重に断り、重蔵は土間に立ったまま傷の手当てをし続けた。入口に置かれた瓶《かめ》の水で血を洗い、徳利の焼酎を一旦口に含んで、
ぶッ、
と勢いよく己の傷口に吹きかける。

(痛ッ)

瞬間、気を失いそうな激痛に身を捩《よじ》るが、どうにか堪《こら》えて、家主に借りたサラシを、自ら傷口に巻き付けた。血止めの目的もあるから、とにかく、きつく巻き付ける。

「その傷、本当に、深川八幡の石段から落ちたんですかい?」

「ああ、俺も歳だな。慌てて駆け下りて、うっかり足滑らせちまったよ」

「でも、石段から落ちたなら、打ち身のはずでしょ。そんなに血が流れますかね。その傷、まるで刃物で切られたみてえだ」

行灯《あんどん》の火を少し移動させて土間にいる重蔵を照らすようにしながら、若い家主は頻《しき》りに首を捻《ひね》っている。女好きしそうな大きな瞳は、決して愚鈍なものではない。

「落ち方にもよるんだよ」

さらしを巻き終え、着物に袖を通しながら何食わぬ顔で重蔵は答え、訝《いぶか》る家主のほうを向いた。

「そんなもんですかね」

「そんなもんだよ」

身繕《みづくろ》いを終えれば、いつもの南町与力・《仏》の重蔵こと、戸部重蔵だ。

「それより青次《せいじ》、変わりはねえか？」

「見てのとおりですよ。おかげさまで、無事に堅気をやってまさあ」

青次と呼ばれた家主は、苦笑いしながら、不意の来客のために茶を淹《い》れるその手を止め、重蔵を見返した。年の頃は二十七、八。色白で目が大きく、一見童《わらべ》のような顔をした男だ。

「邪魔するぜ」

身繕いを終えた重蔵は、草履《ぞうり》をきちんと揃えて土間に脱ぎ、青次のいる畳の上へとあがってきた。

部屋の三方を壁に囲まれた棟割り長屋は、間口九尺奥行き二間と手狭だが、独り者にはちょうどいいだろう。

壁の一方は小さな簞笥《たんす》、一方の部屋隅《すみ》には夜具を隠すための枕屏風《まくらびょうぶ》が置かれている他、調度らしい調度はない。部屋の真ん中に置かれた作業台の上には、制作途中らしい簪《かんざし》が数本と、ヤスリ等の道具類がのっているが、青次はそれらを無造作に隅へ寄せると、その真ん中へんに湯気のたつ茶碗を置いた。

「どうぞ」

「ああ、すまねえな」

茶なら、お京のところで三杯もおかわりしたが、最前の斬り合いのおかげで、カラカラに喉が渇いていた。

「で、仕事のほうはどうなんだ？」

青次が淹れてくれた茶をひと口すすって、重蔵は問いかける。

「まあ、なんとか食えてますよ」

「嫁さんは、まだもらわねえのか？」

「ご冗談でしょ。やっと独り立ちしたばっかりですよ。てめえ一人養うのがやっとです」

「なるほど、真面目に堅気の仕事だけでやっているというわけか」

「当たり前でしょう」

やや憤慨したようなふくれっ面で青次が言うのを、楽しげな顔つきで重蔵は聞いた。

「なにが可笑《おか》しいんですよ」

「いや」

重蔵は懸命に笑いを堪えたが、それには歴とした理由がある。

この青次、なにを隠そう、ほんの数年前までは、《拳《こぶし》》の青次と異名をとる凄腕の掏摸《すり》だった。

しかも、たちの悪い盗賊団に属していて、到底お天道様の下を歩ける人間ではなかったのだ。本来ならば、一味がお縄となったとき、ともに捕らえられ、獄門にかけられるべきところを、

「一味とはいっても、使い走りのようなものです。過去の押し込みには一度も荷担したこともなければ、人を殺《あや》めたこともありません。どうか、お目こぼしを――」

重蔵が懸命に当時の火盗改の頭《かしら》に懇願し、赦《ゆる》された。

それ以来青次はきっぱりと足を洗い、生来の手先の器用さを活かしてかざり職人の修業を積んだ。独り立ちして、なんとか食べているというのだから、重蔵には嬉しい限りである。一命を助けた甲斐もあろうというものだった。

「だいたい、嫁とかいうなら、おいらなんかより、旦那のが先でしょ。旦那こそ、さ

げる。
言葉を発さず、ただニヤニヤしている重蔵に業《ごう》を煮やしたか、青次は少しく声を荒
っさと奥方をもらったらどうなんですよ」

「もらえるもんなら、もらいてえよ」

唇辺から笑いを消さずに重蔵は言い、

「俺を幾つだと思うよ？　こんな、うだつのあがらねぇ、四十男ンとこへ嫁に来てくれる女なんぞ、何処さがしたっていやしねえよ」

言いつつ、屈託なく笑ったが、青次は笑わなかった。

はじめて出会ったのは、青次がまだ十代の頃だ。その頃重蔵は既に三十を過ぎていた筈だが、当時から女の匂いは全くしなかった。

大切なひとを喪った重蔵の悲しい過去など、もとより青次はなにも知らない。知らないがしかし、直参《じきさん》で、与力ほどの身分の武士が、いい歳をして独り身であるということを奇異に思うくらいの想像力はある。

（このひとも、なんかワケありなんだろうな）

という目で、青次は重蔵を見るが、なにも言わない。そのあたり、臑《すね》に疵《きず》を持つ者故の配慮というものなのだろう。

それから半刻ほど青次と雑談し、重蔵は帰途についた。帰り際、

「駕籠《かご》を呼びましょうか？」

と青次が訊いたが、重蔵は笑顔で首を振った。

「ただの打ち身だよ。歩いて帰れる」

「けど、年のせいで、足下がおぼつかねえんでしょう。また転ぶかもしれませんぜ」

と窺うような目で青次が重蔵を見たのは、重蔵の言葉を頭から信じていないからにほかならなかった。

「転んだら、また厄介になるよ」

それを承知した上で、重蔵は口許を弛めて言い、青次の住む長屋をあとにした。

「冗談じゃねえ。そうそう出入りされてたまるかよ」

青次の憎まれ口を、背中で聞き流しながら。

広小路あたりへさしかかった頃には、既に戌《い》の刻を過ぎている。

(青次もだいぶ落ち着いたようだな)

傷の痛みでぼんやりしがちな頭で、重蔵は思った。

出会った頃はまだ十代で、重蔵にも逆らってばかりいた手のつけられない悪ガキも、十年経てばそこそこの大人になる。以前の稼業からはきっぱり足を洗い、存外真面目

に堅気の暮らしを送っているらしい青次に、重蔵は概《おおむ》ね満足していた。

二

南町の月番が変わらぬうちに、またもや大川端で男の死体が発見された。

果たして偶然なのか、その前夜も激しい雨が降った。

発見されたのは五十がらみの小柄な男で、大きな荷を背負わせれば行商人にも見えるし、小間物屋の店先に座らせればその店に三十年来仕える実直な番頭にも見える。

《小鼠《こねずみ》》の八十吉のときと同様、全身を隈《くま》無《な》く刺された無惨な姿であった。

重蔵は、先の死体が、《猿《ましら》》の一味の者であることを、同僚にも上司たる奉行にも告げていなかった。ために、今度のホトケも《猿》一味の可能性があることを、重蔵は誰にも言えずにいる。

(こいつはまた、喜平次頼みだなぁ)

権八とその手先たちにすら、《猿》一味のことを教えていないので、彼らの探索には限界がある。

では、何故重蔵は同僚や奉行に報告しないのか。

「下手《へた》すると、旦那が手柄を独り占めしようとしてるんじゃねえかって、勘繰られますぜ」

以前、彼の密偵になったばかりの喜平次から言われたことがある。

重蔵の心意気にうたれて密偵となった喜平次だが、だからといって重蔵のすべてを理解しているわけではない。

戸部重蔵という貧乏御家人が、何故悪を憎み、この世のすべての悪を滅ぼしたいと強く願うようになったか。

その理由を、残念ながら、喜平次は知らない。

「手柄なんぞ、欲しくねえよ」

そのとき、珍しく無愛想な顔つきで重蔵は呟き、それ以上、喜平次の問いに答えようとはしなかった。

自分でもなんと言っていいかわからぬその気持ちを、他人に説明できるわけがなかった。

(せめてお前がいてくれたら、なんて思わねえぜ、お悠)

思うともなく重蔵は思い、あらぬ方向を見た。

そこには、お悠がいて、自らの悲しい最期など全く思わせぬ優しげな笑みを浮かべている。

（お前を守れなかったこの俺が、今更こんなこと言っても詮ないが、もう金輪際、大切なひとを失いたくないんだよ）

そのとき、重蔵の目に映るお悠は、何故か悲しげな顔をしていた。

（わかってくれよ、お悠。俺には、こうするしかねえんだよ）

心で懸命に訴えたが、お悠の顔つきは変わらなかった。変わらず、悲しげな目で重蔵を見つめていた。

（なんでそんな顔するんだよ）

思わず口に出しそうになる言葉を、重蔵は間際で呑み込んだ。

自らの行動の言い訳をお悠に押しつけようという狡《ずる》さには、とっくの昔、自分でも気づいている。だから、そのとき重蔵は、悲しげなお悠の顔から目を逸らした。

（どうしてなんだろうなぁ）

いくら自問してみても、誰も答えてはくれない。いまでは、お悠の幻にさえお目にかかれなくなった。

「財布もねえみてえですし、やっぱり物盗りの仕業《しわざ》でしょうかね」

死体を前に、権八が漏らす言葉を、重蔵はぼんやり聞き流していた。他の同心たちが言い合う言葉についても、同様だった。

ホトケの身元が知れないこの時点で、いまなにを憶測しようと無駄であるということを、彼らに教えようともしなかった。

ともあれ、南町奉行所へ配属されてから今日まで、一見温厚そのものに見える戸部重蔵という与力が、真実なにを考えているかを知る者はいない。

「あのホトケは、《カスリ》の弥助《やすけ》っていう、ケチなこそ泥ですよ」

と喜平次が教えに来たのは、男の死体が発見されてから僅か一日後のことである。

「もうわかったのか？」

深川八幡の参道で、天ぷらや焼き蛤《はまぐり》の屋台をひやかしていたところへフラリと来て、気配もさせず重蔵の傍《かたわ》らに立った喜平次に、重蔵もまたそちらを振り向きもせずに問う。

(相変わらず、素早いな)

顔には出さぬが、内心舌を巻いている。

「旦那の使ってる目明かしの親分さんたちはまだお調べになってねえんですかい」

喜平次が、珍しく厭味な口調で言うのを苦笑いで聞き流してから、

「お前が素早すぎるんだよ」

重蔵もまた、珍しくお世辞を言った。振り返ると、喜平次はニコリともしていない。苦笑いしながら、重蔵はしばし、こはだのにぎり鮨を食べようかどうしようか迷っていたが、

「一つどうだい？」

「結構です」

喜平次に冷たく断られ、結局やめた。

立ち食いは、相伴《しょうばん》してくれる者がいないと、なかなか手を出しにくい。若い頃は平気だったが。

気を取り直して、重蔵は喜平次に向き直り、

「それはそうと、こそ泥ってのはどういうことだい？《猿》の一味じゃねえのか」

その顔色を窺うように問いかけるが、

「さあ……」

喜平次の口はどういうわけか重い。

それでも、重蔵は笑顔を絶やさない。

「さあ、ってどういうことだ？」

「それが、よくわかんねえんですよ。《猿》の一味ってのは、首領の辰五郎とその片腕の八十吉、引き込み役の数人以外、押し込みのたびに、必要な手下《てか》を雇い入れてたみてえなんです」

「どういうことだ？」

「弥助は、一人じゃ、使用人もろくにいねえ小さなお店ばかり狙うこそ泥ですが、音を立てずに戸を開ける《カスリ》の技の達人なんですよ。その技を買われて、もしかしたら一度や二度は、《猿》一味の押し込みに加わったことがあったかもしれねえってことですよ」

「押し込みのたびに、人を変えてるってのか？」

「ええ」

「よくわからねえな。なんだって、そんな面倒な真似をするんだ？」

「盗賊の一味も、いろいろなんですよ。大所帯の一味は、頭《かしら》によっぽど力があって、手下どもをしっかり掌握してるぶんにはいいですが、生半可《なまはんか》な頭じゃ、必ず裏切る奴が出てきますからね。所詮悪党の寄り集まりなんてそんなもんですよ。だったら、荒仕事をさせる腕自慢とか金蔵破りの鍵師とか、必要に応じて人数集めたほうが、後腐れがなくていいってことなんでしょう。万が一、手下の一人がドジ踏んで捕まっても、一回こっきりの仲間だから、一味のことはなんにも知らねえし」

「ふうん、そんなもんかね。……気心の知れた一味で押し入ったほうが、仕事がやりやすいように思うがなぁ」

「さあね。気心が知れてるぶん、面倒くせえこともあるんじゃないんですかい。あっしは、誰かと組んだことも、親分の下についたこともねえんで、よくわかりませんが」

感心したような重蔵の言葉にも、突き放すような口調で喜平次は応じた。

その扱いにくさに内心閉口しながらも、重蔵は依然顔色を変えない。

「なるほどなぁ。……おめえも《猿》に誘われたことがあるのかい?」

「おいらのことは、どうでもいいでしょう。もう足を洗ったんだし」

「それでも、裏の繋がりは切れちゃいねえんだろ」

「そりゃあ、知り合い全員に、『足を洗いました』と、挨拶してまわるわけにはいきませんからね」

どこか険《けん》のある喜平次の言葉を聞き、重蔵は無意識に首を傾げた。

先ほどの厭味な物言いといい、どうも虫の居所が悪そうだが、日頃から冷静沈着で、感情をあまり表には出さない喜平次にしては非常に珍しいことだった。

（だいたい、機嫌が悪いからって、なんで俺に当たりやがるんだ？）

重蔵には、喜平次を不機嫌にさせるような覚えは全くない。もっとも、喜平次にしてみれば、重蔵に当たっているつもりはさらさらないのかもしれないが。

「何《いず》れにせよ、おめえの言うとおりなら、《猿》一味に関わりのある人間が続けて殺されてるってことだな」

人混みから離れようと、ゆっくり歩き出しながら重蔵が言うと、

「そのことなんですがね、旦那――」

適度な距離をとってそのあとに続きながら、意外なことを、喜平次は言い出した。

「もう、いいんじゃねえですかい」

「え？」

重蔵は思わず足を止め、喜平次を顧みてしまってから、慌てて周囲を見回したほどである。

縁日の参拝客は、もとより彼らのほうなど見向きもしない。

「殺されたのは、極悪非道で知られた《猿》の一味ですよ」

「それがどうした？」

「下手人なんか捕まえなくてもいいんじゃないか、って言ってるんですよ」

「てめえ、なに言ってんだ、喜平次」

「だって、そうでしょう。どうせ、確実に人の二〜三人は殺してる悪党ですよ。恨み買ってても不思議はないでしょう」

「じゃあおめえは、人の恨みを買ってるような悪党なら、殺されて当然だって言うのか？」

「いちいち数えきれねえって言ってんですよ、その恨みの数が——現に旦那だって、この前仙台堀で……」

「なに？」

「いや、とにかく、身内を殺されたら、その仇《かたき》をとりてえって思うのは、当たり前のことでしょう」

「おい、喜平次——」

「十年以上も江戸で押し込みを繰り返してた《猿》一味ですぜ。いままで奴らに家族や身内を殺された人間が、一体どれくらいいると思います？　その一人一人を、どうやって調べるんです？　過去に、奴らがやった押し込みの記録、全部調べられますか？」

「それは……」

「下手人なんか、見つかりっこありませんや」

投げ遣りな喜平次の言葉に対して、返す言葉を重蔵は持たなかった。ただ無言で、そのあくの強い強面《こわもて》を見返すだけだった。

(さては、なにか摑んだな？)

といよいよ確信しながら。

道端に足を止めた二人の周囲を、慌ただしく人々が行き過ぎる。日暮れまではまだかなりときがある。故に、当分人出はついえないだろう。黙って立ち尽くしていると、忽ちその雑踏に呑み込まれそうな錯覚をおぼえる。

「それでも、見つけなきゃなんねえんだよ」

喜平次の横顔に見入ったままで、やがて重蔵は重い口を開いた。

「どんな人間でもな、殺されて当然なんてこたあねえんだよ、喜平次。たとえ親の仇であってもな。……悪党にお裁きを下すのは、ご公儀の役目だ」

「侍はよくて、俺たちは駄目ってことですかい」

「どういう意味だ？」

「別に、そのまんまの意味ですよ」

「喜平次！」

「ああ、わかってますよ。仇討《あだう》ちが許されてんのはお侍だけですからね。俺たち町人が親の仇を討ったとしても、ただの人殺しだ」

「おい、喜平次！」

呼びかけ、不意に歩を進め出した喜平次のあとを追おうとして、だが重蔵はすぐに諦めた。

踵を返して人混みに紛れた喜平次の頑《かたく》なな横顔に変化は見られなかった。全身で、重蔵の言葉を拒んでいた。追っても無駄だろう。

（それにしても……）

何事もなかったかのように歩き出しながら、重蔵は思った。

（あいつ、存外扱いにくい）

喜平次とのつきあいは決して短くない。少なくとも重蔵はそのつもりだった。だが、胸襟を開いたつきあい、というには、まだまだときを要するのかもしれない。

三

一旦速めた足をゆるめ、人波の流れる速さに身を任せた。

そうすれば——緩やかな流れに身を任せていれば、少しは気持ちも静まるかと思った。だが、いやな気分は一向に消えない。

(旦那も結局、お侍だ)

大川端を、広小路方面に向かって歩きながら、喜平次は激しく高ぶった気持ちを抑えるのに往生していた。

先日、深川仙台堀の堀端で重蔵が刺客に襲われ、負傷したことを、喜平次は知っていた。

病気という理由で奉行所への出仕を二日ほど休み、あとは何食わぬ顔で勤めに戻っているから、重蔵は、自らの負傷のことを、誰にも知られていない、と思っているだろう。

だから、

「お加減はいかがです」

と尋ねるか否かしばし迷ったが、本人が最も知られたくないであろうと察して、結局口には出さなかった。出さないつもりだったがしかし、うっかり口を滑らせたので、喜平次が知っているということに、或いは重蔵は勘付いたかもしれない。

(知ったことかい。自業自得だ)

忌々《いまいま》しさとともに、喜平次は道端に向けて、ベッと勢いよく唾を吐き捨てる。

(旦那も、火盗時代はさんざ悪党たたっ斬ってんだ。悪党にだって、親兄弟も親しい身内もいるんですよ)

あのとき、口に出しかけた言葉を、もう一度胸に反芻《はんすう》する。

その日喜平次は、古い馴染みの家を訪ねようかどうしようかと迷った挙げ句、結局訪ねることができず、帰途に就いた。

訪ねようとした相手との思い出が、寄せては返す波のように胸に去来し、柄《がら》にもない感慨に耽《ふけ》っているとき、期せずして重蔵の姿を見かけた。

人々が帰路を急ぐ中、どこか、心ここにあらざる感じの重蔵に、違和感をおぼえた。

(なんだ、隙だらけじゃねえか)

常日頃の重蔵は、一見穏やかそうに見えてもその実、非情さの塊《かたまり》のような男であることを、喜平次はよく知っている。

(まるで別人みてえだなぁ)

そう言えば、近頃女ができたらしい、と噂に聞いた。

いい歳の男が独り身でいるのだ。女くらいできたって別に不思議はない。

だが、どうぞ襲ってくださいとでも言いたげな隙だらけの理由が女故なら、喜平次は些《いささ》か、重蔵という男を見損なっていたことになる。

（いくらなんでも、無防備すぎるぜ、旦那）

声をかけようかどうしようか迷っているあいだに、彼のあとを尾行《つ》ける人影に気づいた。別に珍しくもないことなので、追うともなしに、あとを尾行けた。

重蔵の腕はよく知っているから、別に心配はなかろうと思っていたが、やがて出現した敵の人数は、予想よりもやや多めだった。

それでも、喜平次が手助けする暇もなく、重蔵は、待ち伏せしていた者たちを片付けるかに思われた。

が、意外や重蔵は手傷を負った。

浅傷ではなかったのか、風を食らって一目散に逃げ出していった。

（旦那らしくねえな）

闇に駆け出す重蔵の背を離れたところから見送りながら、喜平次は思った。刺客の人数が多く手に余るのは仕方ない。しかし、手傷を負うのは油断していた証拠である。

それほど油断していたとすれば、重蔵は、一体なにに心を奪われていたのだろう。

もとより、重蔵の人柄に心服したからこそ、足を洗い、彼のために働きはじめた喜平次である。その並外れた正義感も、人に対する優しさも、常々素晴らしいと思ってきた。

(侍なんてのは、ろくなもんじゃねえと思ってきたが、世の中広い。こんなおかたもいたんだな)

物心ついて以来、およそ人を信じたことのない喜平次が、生まれてはじめて、信じてもいいと思える人間にめぐり逢った。それが重蔵だ。

喜平次は、生まれながらの孤児である。

生まれてすぐ親に捨てられ、同じような境遇の子供たちを世話してくれる家で育てられた。同じ境遇でも、その後の運命はさまざまで、子供のいない大店の夫婦に引き取られて幸せになる子もいれば、安い賃金で丁稚《でっち》に出されてこき使われる子もいた。親のいない子を引き取って育てるのは、必ずしも、純粋な親切心ばかりとは限らない。大方、奉公に出す際の口入れ料をあてこんでのことだ。

喜平次は、蓋《けだ》し可愛げのない子だったのだろう。よい里親に恵まれることもなく七つまでその家で育ち、やがて奉公に出る年頃となったため、丁稚に出された。

奉公先はひどいお店《たな》で、親のいない孤児ならばどんなにこき使い、或いはその挙げ句に死んでしまってもかまわない、と考えていたのだろう。仮に死んでも、誰も文句を言う者はいないのだから。

現に喜平次の前に、同じく孤児で奉公にあがった者の何人かは、食事も睡眠時間もろくに与えられず、過労死していた。

それに加えて、古参の丁稚たちからうける陰湿ないじめもまた、喜平次の心を打ちのめした。だが、子供心にも、育ててくれた家に迷惑をかけてはいけないと思い、はじめのうちは健気《けなげ》に耐えた。食事をするのは、当然ながら番頭、手代と、お店での階級順で、丁稚の中でも新参者は一番最後だ。新参者が箱膳の前に座る頃には、おひつには殆ど飯は残っていない。みそ汁も、殆ど具のない汁だけが鍋の底に僅かに残っているだけだ。そんな粗食にも、甘んじて耐えた。

耐えて耐えて、そのまま死んでもいい、とさえ思っていた。

どうせ頼れる者のない、この世になんの望みもない身の上だ。苦しみから逃れられるなら、いっそ、それもよい、と思っていた。

あの日何故そんな気持ちになったのか。大人になった喜平次にも、そのときの自分の気持ちはわからない。

他愛もない、いつもの同輩からのいじめだった。逆らわずにいれば、ほどなく終わる程度の。だが、自分よりずっと貧相な体つきの先輩丁稚から、草履《ぞうり》で顔を踏まれた瞬間、喜平次の中で、なにかが爆《は》ぜた。

（この野郎ッ）

たとえ丁稚たちの中では最年少の新参者であっても、泥だらけの草履で顔を踏まれる謂われはない。

喜平次は怒りを爆発させ、顔を踏んできた少年の足首に思いきり齧《かじ》りついた。忽ち、口中に塩辛い血潮が満ち、少年が甲高い悲鳴を放ったが、かまわず歯をたて続けた。喜平次の満面を染めた血の色に戦《おのの》き、少年たちは跳び退いた。その一瞬の隙を逃さず、喜平次は、丁稚の中で最も年嵩《としかさ》で体格のよい太助《たすけ》という少年に飛びかかり、組み敷いた。

そして、滅茶苦茶にその顔を拳《こぶし》で殴った。太助を庇って喜平次に挑む者はなく、皆、呆気にとられてその凄まじい暴力の嵐を傍観していた。いつも居丈高で同輩に命令ばかりしていた太助は、為す術《すべ》もなく、喜平次の暴力を受け続けていた。

どうせ暇を出されることはわかっていたから、喜平次はその日のうちにお店を飛び出した。もとより、育ててもらった家には帰らず、住み処もない浮浪児となった。

奉公先で暴力をふるって同輩を半殺しにした浮浪児が悪の世界に堕ちるまで、たいした時間はかからなかった。

いっそ、奉公先で死ねばよかった、と何度も思った。

実際、この世は地獄のような苦しみばかりで、この世の中に生きるということは、その苦しみに唯々《いい》として耐えることだった。

(俺みてえなのをこの世に産み落とした親が悪いんだぜ)

自らに言い訳しながら、喜平次は悪事に手を染め続けた。

それでも、奇跡的に人殺しだけはしたことがなかった。

それが、火盗改に捕らわれた際、それまでの罪を不問に付す代わり、密偵となることを命じられた理由でもあった。火付盗賊改方の職務は、なによりも先ず、賊の世界のことを熟知せねばならない。ために、斯界《しかい》のことをよく知る盗賊あがりを密偵としたのが、歴代火盗の伝統となっている。

だが、喜平次は、火盗の頭《かしら》の密偵になることを望まず、その配下である重蔵の密偵になることを望んだ。自分の罪を減じるため、火盗の頭に懸命に頼み込んでくれた重蔵の人柄に心底惚れたのだ。

地獄のような世の中にも、そんな人間が存在するなら、真っ当に生きてみるのも悪くないのではないか。そう思って、喜平次は重蔵の密偵となった。

しかし、世の中には、たった一人の人間の手には負えない――まだまだ、どうにもならないことが、山ほどある。

（親兄弟を殺された恨みばかりは、どうにもならねえんじゃねえのか）

親兄弟をもたない喜平次は、思うのだ。

いや、いないからこそ、血のつながりへの憧れ、渇望は、並大抵のものではなかった。

自分にもし二親《ふたおや》がいたら。血を分けた兄弟がいたら。せめて、親類縁者の一人でもいてくれたなら……。

いまの自分にはなっていなかった気がする。

だからこそ、より一層、親兄弟というものに強く深く憧れる。

（土台、不公平な話じゃねえのかよ。侍の敵討《かたきう》ちは、天晴《あっぱ》れ武士の誉《ほま》れとか称賛されるのに、町人が親兄弟の仇を討っても、ただの人殺しだ）

喜平次は歯の根から血が滲むほどにきつく歯嚙みする。

刺客に手傷を負わされて逃げる重蔵を見た数日後、喜平次は偶然その現場を目撃した。いや、偶然といっては語弊《ごへい》がある。

重蔵が薄々察しているとおり、この件について、喜平次には少々心当たりがあった。

「知り合い全員に、『足を洗いました』って挨拶してまわるわけにはいきませんからね」

と言ったとおり、喜平次には、未だその世界との繋がりがある。

《猿》一味が、どれほど非道なやり口で荒稼ぎしてきたかを、人伝《ひとづて》の話だけでなく、喜平次は知っていた。一味には属さぬ一匹狼の盗っ人とはいえ、長らくこの世界に身を置けば、いやでもその名は知られてしまう。

《猿》をはじめ、多くの一味から、

「手を貸しちゃくれねえか」

との誘いはあった。

それらの誘いを、尽《ことごと》く断ってきたからこそ、いまの喜平次がある。

それでも、いまなお、闇の世界からの誘いはひきも切らない。

だからこそ、喜平次はそこに辿り着いた。

喜平次がそこに辿り着いたのは、奇《く》しくも、まさにそうした晩のことだった。

目指す人物のあとを尾行けて夜の大川端を歩くこと、しばし。

やがて喜平次は、信じられない光景を目《ま》のあたりにする。

(なんてこった……)

それが、大勢で一人をなぶり殺しにしているというようなものであれば、喜平次は当然助けに入ったであろう。

だが、そうではなかった。

到底荒事《あらごと》などできそうにもない者による、捨て身の凶行——。

そう察した瞬間、邪魔だてする気は毛頭おこらず、ただその場で、ことの次第を見守っていた。

すべてが終わるまでずっと。

そして終わってからも、その下手人を、糾弾する気にはなれなかった。

四

両国の垢離場《こりば》というのは、元々大山《おおやま》詣でに出かける人々が、両国橋の東側で垢離をとったことから発達した。

垢離とはもとより、水垢離のことだ。胸のあたりまで水に浸かり、「ざんげ、ざんげ」と声を張り上げる。ご利益がありそうだというので、大山参りの者ばかりではなく、病気平癒や心願成就を祈願する者もいつしか水行をおこなうようになった。

人が多く集まれば、そこには即ちさまざまな商売が生まれる。盛り場ができるのに、それほど時間はかからない。

盛り場は、両国橋を中心にしてその東西にかけて展開し、各種見世物小屋が立ち並んだ。

芝居小屋はいうに及ばず、軽業《かるわざ》やのぞきからくり、曲独楽《きょくごま》や居合い抜きの如き大道芸が、お上《かみ》の勝手な改革によって締めつけられ、日々窮屈な思いを強いられている庶民の目を慰めていた。

殊に、川向こう、と呼ばれる橋の東側には、到底許可の下りそうにないいかがわしい見世物が多く、近頃では獣肉を食べさせる店すら出ている、という。

そんな雑多な東両国の見世物小屋の中では、比較的まともな、正統派の芸は逆に目立つ。子供騙しのようなろくろ首や河童《かっぱ》に飽きた客たちから火がついたのも不思議はなかった。

あまり風紀のよろしからぬ東両国で、昨今話題となっているのは、虫も殺さぬ可憐な容姿で平然と刃物を扱う《出刃打《でばう》ち》の小春太夫《こはるだゆう》であった。

出刃の的《まと》となるのが、これまた可憐な美少女であるため、いやでも人目《ひとめ》を引く。

小春太夫は、こういう芸をする者の常で明るい紅梅《こうばい》色の裃《かみしも》姿だが、的の娘には体にピタリとした清国《しんこく》風の衣装を身に着けさせている。衣装の裾《すそ》——腿《もも》の両側に深く切れ込みが入っていて、足を開けば忽ち太腿《ふともも》まで露《あら》わとなる扇情的な衣装だ。

小春太夫の手から放たれた刃がくるくると弧を描いて飛び、その裾《すそ》の一端を、
がぁッ、
と背後の板に縫いつければ、忽ち白い脛《すね》が剝き出しとなり、観客たち——この場合は主に男の客だが——からは、深く湿った溜息と歓声が漏らされる。

その歓声の中で、次の刃が情け容赦もなく放たれる。

出刃といっても刃渡り五寸あまり、柄の部分に朱房をあしらってあるため、中空を飛ぶ際にはいやでも目立つ。

シャーッ、
刃は、恐怖に戦《おのの》く少女の顔面めがけて飛び、その寸前で軌道を変え、白い頰を掠める。

「おおーッ」

その一瞬の緊張に見物人は吐息を漏らし、一瞬後には夥《おびただ》しい歓声をあげた。

「よっ、小春太夫ッ」

陽気なかけ声があがっても、小春は眉一つ動かさない。

凜々《りり》しく刷《は》き上げられた眉は化粧の賜物《たまもの》としても、的を睨んだ怜悧な瞳は天性のものだろう。きつく結ばれた朱唇には強い意志の力が漲《みなぎ》り、僅かの迷いもみられない。

一つ間違えば相方を傷つけてしまうかもしれない危険な刃を、平然と、的に向かって放つ――。

鋭い切っ尖は、低い呻りをあげながら飛び、

トン、

と背後の板に刺さる。

「小春太夫ーッ」

「すげえぞ、太夫ッ」

歓声はいや増すばかり。

だが、周囲の雑音などまるで耳には入らぬ風情で、小春太夫は淡々と刃を投げ続ける。刃はすべて、的である少女の肩先、耳許、太股と、際どいあたりに突き刺さる。

少女の体のまわりに隈無く刃を打ち込んでおいて、小春太夫は、やおら懐から、一尺あまりの長さの赤色の布を取り出した。襷《たすき》に使うのかと思えば、それを自ら両目のあたりに巻いて目隠しとしたから、客たちは更に目を見張る。

すると、目隠しがしっかり巻かれていることを証明するためか、舞台の袖から小柄な老爺が現れて、小春太夫の顔に巻かれた目隠しを更にきつく結び直す。その上、太夫の体を、一回転二回転とその場で回して、方向感覚を完全に失わせた。

老爺が足音もなく舞台袖に引っ込むと、まるでそれが目に見えているかのように小春太夫は的に向き直る。

指のあいだに挟んだ刃を、三本も同時に投げ放つ――。

すとッ、
すとッ、
すとッ、
刃は、少女の無防備な両腋、結われた髷《まげ》の根元に刺さり、元結《もとゆい》を裂いた。長い黒髪が、瞬時に解かれてバサリと垂れ落ちる。

「あぁ」

歓声は、いまや低い嘆声に変わっている。おそらく、最も盛り上がる瞬間だ。

「小春太夫かぁ、すげえ腕だなぁ」

「…………」

すぐ耳許で囁かれて、喜平次はギョッとした。

声の主が誰であるかはわかっている。

わかっているがしかし、すぐ背後に迫られるまで気づかなかった己の迂闊《うかつ》さに、喜平次は自ら呆れていた。

（旦那のことは言えねえな）

自嘲しながらも、

「百発百中だな」

と口中に低く笑う重蔵の声音に、底冷えしそうな鋭さを感じとった。

（やっぱり、恐ぇ人だ）

「それに、可愛い。……どっちだ？」

「え？」

「おめえのお目当てだよ。小春太夫か、的の小娘か、どっちなんだよ？」

「…………」

喜平次は答えず、無言で重蔵を顧みた。楽しげなその声色とは裏腹に、重蔵の顔は僅かも笑ってはいなかった。

（仏なんかじゃねえ。この人は、鬼だ）

「俺ァ、どっちかってえと、的の娘のほうが好みだなぁ。恐い女は苦手だよ」

鬼は、屈託もなく笑いながら、他愛ない言葉を漏らす。

「あの娘は、小夏《こなつ》というんですよ。小春太夫の妹分です」

ごく自然な声音で喜平次は答えた。答えたつもりだった。少なくとも、自分では。

「ふうん、あんな可愛い顔して、人殺しの弟子ってわけか」

「なに言ってんです。あれは見世物ですよ」

「ああ見世物だ」

鸚鵡《おうむ》返《がえ》しに言う重蔵の声色言葉つきは僅かも変わらない。

「けどよう、たとえば、あの出刃打ちの技を使えば、ひとの体に、思いのままに刃物を打ち込めるわけだろ。狙ったところに、寸分違《たが》わずに――」

重蔵の声音は、あくまで淡々としていた。それ故にこそ、恐ろしかった。

「なにが言いたいんです」

喜平次は口惜しかった。己の声音が、震えているのではないかと思われることが。

「別に。……ただ、ああやって、自在に出刃を打ち込んで、それをあとで全部抜き取っちまえば、抜き取った痕は、同じ刺し傷ってことになるだろうと思ってよ」

「あの出刃は、見世物用ですよ。間違って刺さってもいいように、刃が短いんですよ。致命傷にはならねえでしょう」

「致命傷にはならねえが、ああやって的に打ちつけりゃあ、敵を動けなくすることはできるだろ」

喜平次は答えず、重蔵の視線からも目を背《そむ》けていた。

「動けなくしておいて、その上で、とどめを刺す。……か弱い女の手でも、大の男を殺せるな」

「………」

「なあ、そう思わねえか、喜平次」

「思いませんね」

仏頂面《ぶっちょうづら》で喜平次は言い返す。

「だいたい、なんだって小春太夫がそんなことしなきゃならねえんですよ」

「別に俺は、小春太夫が人殺しだなんて言ってねえぜ」

「いい加減にしてくださいよ、旦那。疑ってるからこそ、旦那はいまこうして、ここにいるんでしょう」

遂に堪えきれず、喜平次はやや声を荒げた。

それでも周囲を気にして、かなり抑えめだ。

「じゃあおめえは、なんだって、この小屋に通いつめてるんだ、喜平次？」

「旦那のおっしゃるとおりですよ。小春太夫の贔屓《ひいき》だからです。文句ありますか？」

「ねえよ」

「だったら……」

「文句はねえが、気にはなるんだなぁ」

喜平次の言葉を遮り、有無を言わさぬ口調で、重蔵は言った。

「なんでこんなに気になるのか、これから調べなきゃならねえな」

「…………」

喜平次が絶句し、どういう表情をすればいいのか思い迷うのを、重蔵は明らかに愉しんでいる。それがわかった瞬間、

(畜生ッ)

喜平次はぶち切れた。

「勝手にしてくださいよ」

低声《こごえ》で言い捨てて、喜平次は重蔵の傍《そば》を離れた。まわりの客たちの目は、いまなお小春太夫の妙技に釘付けだ。その客たちの群れから抜けた喜平次が、そそくさと小屋から出て行くのを見咎める者など、勿論いない。

(結構気が短ぇんだな)

そんな喜平次の後ろ姿を、意外な思いで重蔵は見送った。

《旋毛《つむじ》》の喜平次。

金の匂いを嗅ぎつければ素早くそれへ忍び寄り、気配もさせずに奪い取る。その所

行は、つむじ風の如く速く、相手の旋毛すらも揺るがせない、という意味でつけられた通り名だ。

その名で呼ばれた盗賊時代の彼は、およそ、感情を波立てることのない、氷のような男だった。それ故にこそ、一度もしくじることなく、その稼業でしのいでいられたのだ。

運悪く、重蔵のような男と出会わなければ、いまなお、喜平次はその稼業を続けていたことだろう。

（まさか、小春太夫に惚れたか、喜平次？）

まさかと否定しつつも、あり得ぬことではないと、重蔵は思った。そんな気持ちは、最早とうの昔に忘れ果てたとばかり思っていた重蔵にさえ唐突に訪れたのだから。

第四章　彷徨《さまよ》う心

一

化粧をおとした小春太夫の素顔は存外平凡で、意外に大人しそうな感じの娘だった。重蔵が睨んだとおり、キリリとつり上がった凛々《りり》しい眉は、刷毛《はけ》で描かれたものである。

「八丁堀のお役人さまが、一体なんのご用でしょう?」

終演後、楽屋を訪れた重蔵を見ると、色褪《あ》せた黄八丈に着替えてどこにでもいる町娘に戻った小春太夫は、忽《たちま》ち不安そうな顔つきになった。出刃《でば》打ちをするときの強気な太夫とは、まるで別人のようである。

「別に、用ってわけじゃねえんだ。いましがた、お前さんの技を見せてもらって、すげえ技だと感心したのよ。少し、話を聞かせてもらえねえか？」

「なんの話でしょう？」

「そうだなぁ、なにから聞こうかなぁ」

　相手が緊張していると思うと、忽ち優しげな笑顔を向ける。重蔵の笑顔を見れば、大抵の人間は安堵する。小春太夫も、それで少しは安心したはずだ。

「お前さん、齢はいくつだい？」

「十八になります」

「十八かい。あの技、会得するのに、どれくらいかかったんだい？　この一座に入って何年だ？」

「一座に入ったのは、たぶん、生まれてすぐです。生まれてすぐ捨てられて、座頭《ざがしら》……この一座の親方に拾ってもらったんです。修業をはじめたのは、たしか、五つの頃からだったと思います」

「そうかい。五つの頃から、なぁ。さぞかしつらい修業だったんだろうなぁ」

「そんなこと、ありません。親方は、親に捨てられたあたしを拾って、育ててくれたんです。一座のために働くのは当然です」

「けど、修業は辛えだろう」

「そ、そんなの、どの仕事だって同じじゃありませんか。誰だって、厳しく仕込まれて一人前になるんです」

小春太夫は必死に言い募った。

親方や一座のことを少しでも悪く言うのを聞かれたら、後々厄介だという気持ちが痛いほどに伝わってきた。いや、或いは本気で親方に恩義を感じているのかもしれないが、だとしたら、そのあたりを突っ込むのはやめておいたほうがいいかもしれない。

「それにしても、凄ぇ腕だなぁ。どれくらいまでの的なら狙えるんだい？」

だから重蔵は、さり気なく話題を変えた。

「え？　どれくらいまで、というのは？」

「いまお前さんは、二間《けん》先の的に向かって出刃を投げて百発百中させてるが、たとえばあれが、三間四間……いや、五間離れても、同じように当てられるもんなのかい？」

「それは……」

「それに、動いてる的ならどうだい？」

困惑する小春太夫に、たたみ掛けるように重蔵は問う。

「わかりません。出し物以外は修練したことがないので……」

小春太夫がこもごもと応えたとき、不意に背後から、

「小春ねえさん、そろそろ湯屋へ行ってきたら？　今夜はお客さんのお座敷に呼ばれてるのでしょう」

聞こえよがしの声がかけられた。

妹分の小夏である。

意外なことに、最前は儚《はかな》げで頼りなげな小娘と見えた小夏の素顔は別人のように落ち着いていて、大人っぽい。妹分だというが、素顔の二人を見た限りでは、寧《むし》ろ小夏のほうが年上にも思える。小春太夫が本当に十八だとすれば、小夏のほうは少なくとも、二十一、二くらいには見えた。

「お、さっき出刃の的になってた娘だな。あの唐風《からふう》の衣装、似合ってたぜ」

「…………」

「ちょうどよかった。お前さんにも話が聞きてえ。こっちへ来てくんねえか」

「なんでしょう」

小夏は素直に重蔵の傍《そば》に来たが、なんの感情も表さぬ無愛想な顔つきは小娘のものとは思えぬほどにふてぶてしい。

「齢はいくつだ？」

その顔つきに些《いささ》か気圧《けお》されながらも、重蔵は、小春太夫に問うたのと同じことを小夏にも問うた。

「十八です」

「小春太夫と同じか？　けど、ねえさん、て呼んでたな？」

「芸事の世界では、実際の年には関係なく、一日でも先に弟子入りしたら、にいさん、ねえさんなんです。あたしがこの一座に入ったのは一年前ですから」

「一年前？　十七でか？」

「いけませんか？」

驚き顔をする重蔵に対して、小夏は眉一つ動かさない。到底、十八の小娘が、奉行所の与力に対してとるべき態度ではなかった。

「いや……その、芸事ってやつは、できるだけ若いときにはじめるもんなんだろう。その年で弟子入りして……」

ものになるのかよ、と言いかけ、だが重蔵は辛うじて呑み込んだが、

「ものにならなけりゃ、このまま一座の下働きでいればいいんです。親が借金作ってどっかへ逃げちゃったんで、この一座に拾ってもらったんです」

一向平気な顔で、言い淀むこともなく小夏は言ってのけた。

「小夏ちゃんは勘がいいんです、あたしと違って。……才能があれば、はじめた年なんて、関係ないんですよ」

小春太夫がすかさず、とりなすような口をきくが、

「いいんです、ねえさん。自分のことは、自分が一番よくわかってます。才能があるかないかも、自分でよくわかってますから」

小夏はあくまで泰然自若。まるで狼狽《うろた》える様子を見せなかった。

これでは、どちらがねえさんかわからない。

しかも、

「でも、それがなにか？」

「え？」

重蔵が隙を見せると、忽ち攻撃に転じてきた。

「あたしがいい歳して見世物一座に弟子入りしたことで、世間さまになにかご迷惑おかけしてるでしょうか」

「い、いや、そんなこたあねえよ。悪かったな、立ち入ったこと聞いちまって」

小夏のその気の強さに、重蔵は舌を巻くしかない。

「お話はそれだけですか？」

「あ、ああ。邪魔したな」

さっさと立ち去れと言わんばかりな小夏の態度に閉口しながらも、重蔵は仕方なく重い腰を上げた。

（まあ、ここじゃあ、落ち着いて話もできねえしな）

土間に筵《むしろ》を敷いいただけの狭くて汚い楽屋は足の踏み場もなく、常に多くの者が出入りしている。

花形の小春太夫以外にも、あまり上手《じょうず》ではない手妻師《てづまし》とか、道化役の百面相とか、一座には他にも何人かの芸人がいる。しかし、一番人気はなんといっても小春太夫なのだし、彼女のためにもうちょっとましな楽屋を設けてやればいいのに、と重蔵は思うが、もとより余計なお世話というものだろう。

「今夜は、どなたかのお座敷に呼ばれてるのかい？」

「え、ええ……」

「今夜の客は何処の誰だい？」

訊ねるともなしに重蔵は訊ね、

「蔵前の和泉屋《いずみや》さんです」

躊躇《ためら》うことなく、小春太夫は答えた。

羽振りのよい商人が、同業者や得意先を接待するお座敷に人気のある役者や芸人を呼ぶのは別に珍しいことではない。ほんの寸刻酒座の相手をするだけで多額の花代が貰える上に、ご馳走や酒にもありつける。

気位の高い役者などにはそういう芸者的行為を嫌う者もいるらしいが、日頃の実入りが少なく、暮らしも不安定な芸人には有り難い話だ。それに、羽振りのよい富商が贔屓《ひいき》になってくれれば、一座にとってもなにかと都合がいい。たとえ本人が嫌がっても、座頭が有無を言わさず引き受け、行かせるだろう。

「ほう、和泉屋か。そりゃあ、さぞかし豪勢なお座敷だろうなぁ」

だから重蔵は、素直な嘆声をあげた。和泉屋という札差の名は、近頃頻《しき》りと耳に入っていたからだ。

「ご存知なんですか？」

「ああ、羽振りがいいって噂は聞いてるよ。気をつけなよ。妾《めかけ》にならねえか、なんて口説《くど》かれるかもしれねえぜ」

「まさか」

重蔵の軽口に、小春太夫ははじめて笑顔を見せた。

邪気のない、優しい笑い顔だった。つられて重蔵も相好《そうごう》を崩した。

「また寄らせてもらうぜ」

「ありがとうございました」

一応一座の客と思ってくれたのか、小春太夫は深々と頭を下げて重蔵を送り出したが、他の芸人たちも、下働きの者も、当然重蔵には見向きもしない。派手に十手《じって》をちらつかせたわけではないが、彼らにも、重蔵が奉行所の人間だということが、察せられたのだろう。

(何処へ行っても、嫌われ者だな)

内心苦笑しながら、重蔵は歩を進め出した。

庶民にひとときの憩いを提供する見世物一座とはいえ、形のない芸というものを売って生計《たつき》をたてている以上、堅気《かたぎ》とは言いにくい。役人が煙たく思えるのも無理はなかった。

(それにしても、喜平次の奴は、一体なにを隠してやがるんだろうな)

重蔵とて、素顔は虫も殺せぬ風情の小春太夫が、《猿《ましら》》一味殺しの下手人《げしゅにん》だと本気で思っているわけではない。

喜平次に対する揺さぶりに過ぎないが、それにしても、小春太夫の妹分だという小夏という娘のことは些か気になった。なかなかの美人だが、それを世間の目から隠すように、出し物のとき以外は殆ど化粧をせず、地味な色の着物を纏《まと》っている。いい歳になって見世物一座に弟子入りするなど、あわよくば人気者となって一旗揚げようという魂胆かと思いたいところだが、どうもそんな感じではなかった。

（今年十八ってこたあ、三年前は十五か。《猿》の一味が江戸で最後に押し込みを働いたのは三年前だが、あのときの大和屋に生き残りはいねえ。……《猿》一味が江戸で荒稼ぎしてたのが、文政《ぶんせい》の末年あたりからだいたい二〜三年として、十二、十三、十四…家族を皆殺しにされたら、恨みを抱いて復讐しようと思うには充分な年頃だ）

親が借金を作って夜逃げしたというが、十七にもなる娘がいれば、先ずは娘を売って金を作ろうとするのが常識だ。たとえ親が望まずとも、冷酷な借金取りならば、必ずそうする。

（年頃の娘を置き去りにして自分たちだけずらかるなんて、考えられねえな）

もとより小春太夫のことなら、喜平次とて充分に調べあげているだろう。そしておそらく、小夏のことも――。

（とにかく、《猿》一味の押し込んだ先を片っ端から調べるか）

気になることは、合点がゆくまで調べあげねば気がすまない重蔵の性分も、喜平次はとっくに承知しているだろう。なにをどう隠そうが、それが重蔵に知れるまで、どうせ時間の問題だということも、おそらく喜平次にはわかっている筈だ。

「言っときますけど、小春太夫がいまの一座に拾われたのはほんの赤ん坊の頃で、身よりはねえんですよ。恨みを晴らしたいと思う親も兄弟も元々いねえんですから、仇討ちする理由もありませんね」

と喜平次も言ったとおり、小春太夫が正真正銘身よりのない孤児であることは、まもなく判明した。

重蔵は、自ら詳細に聞き込みをした。

権八や手先たちに命じれば、彼が小春太夫になんらかの疑惑を抱いていることが知られてしまう。

だから、一人でコツコツと調べあげた。

小春太夫の一座の座頭である八郎兵衛《はちろべえ》とは古い馴染みだという東両国界隈の地回りの親分・《鈴虫《すずむし》》の仁助《にすけ》から話を聞いた。

「あの娘が拾われた日のことはよく覚えてますよ。ええ、覚えてますとも。……橋の下に捨てられてたって、番屋に届けられましてね。その頃あっしは、八丁堀の御用を預かってたんですが、雨宿りでたまたまそこに居合わせた八郎兵衛が、うちで育てたい、って言い出しましてね」

「乳呑み児を引き取る、って言ったのかい？」

「ええ、あっしも驚いたんですよ。物心ついた子供ならともかく、手のかかる赤ん坊なんぞ引き取って、どうするつもりだ、ってね。そしたら八郎兵衛の野郎、『物心ついた子供だと、実の親のことだのなんだの、いろいろ余計なことを考えやがって、芸を仕込んでもなかなか上達しやがらねえ。襁褓《おしめ》取り替えてやった頃からのつきあいなら、素直に言うこときくだろうから、仕込むのに都合がいい』って言いやがったんですよ」

「で、実際お襁褓を替えて、お乳をやって、育てあげたわけか」

「ええ、そりゃあもう、手塩にかけてね。若い頃に女房を亡くして以来独り身の八郎兵衛には子供がおりませんから、それこそ、我が子のように可愛がって育てましたよ。出刃打ちの芸を仕込むときは厳しく接したでしょうが、厳しいだけじゃ、人は育ちませんや。愛情こめて育ててこそ、子供は一人前に育つもんでしょう」

「ああ、そうだな」

力説されて、重蔵は肯《うなず》いたが、子供のいない彼にはいまいちぴんとこない。

座頭の八郎兵衛には、小春太夫と話をする前に会っていたが、如何にも人の好さそうな六十男という以外、殆どなんの印象ももたなかった。悪党を見慣れた重蔵の胸に印象を残さないということは、つまり本物の善人なのだ。捨て子だった小春太夫を我が子同然に可愛がって育てた、というのもおそらく本当だろう。

「近頃八郎兵衛のやつ、酔っぱらうたびに、言いやがるんですよ。小春は、実の娘も同然だ。いつまでも、こんなヤクザな稼業をさせたくはねぇ、って」

「だが、小春は一座の花形だろう」

仁助の話が情に流されだしたときから、重蔵はいやな予感がしていた。聞くべきことは聞いたのだし、最早一刻も早く立ち去りたかったが、それではあまりに愛想がないように思い、仕方なく言葉を返した。

それが悪夢のはじまりだった。

「それそれ、それなんですよ、旦那」

得たり、とばかりに仁助は言い、重蔵の悪い予感は忽ち的中する。

居酒屋などに呼び出して、酒など呑ませたのがそもそも間違いだった。目明かしをしていた仁助は、いまは隠居して無聊《ぶりよう》を託《かこ》っているため、暇を持てあましているのだ。

重蔵は、そんなところへのこのこ現れた、ちょうどいい話し相手であった。おまけに、酒までおごってくれるという。

「なまじ小春太夫が一座の花形になっちまったばっかりに、八郎兵衛は、座頭としての立場と父親の立場の板挟みなんですよ。座頭としては、お客を呼べる一座の花形を、手放したくなんか、ありませんや。でもね、父親としちゃあ、よい縁があれば、一日も早く嫁がせたい、と願ってるんですよ」

仁助の話は、重蔵が予想した以上に長かった。

「なるほど、板挟みだな」

本当はいやだったが、重蔵は仕方なく、空になった仁助の猪口《ちょこ》に、まだ温《ぬく》みをとどめる徳利の酒を注《つ》いでやる。

「泣かせるじゃねえですか、旦那。元々、何処の誰の子ともわからねぇ、捨て子ですぜ。その捨て子を、てめえの子供も同然に思っちまってるんですよ、八郎兵衛の奴ぁ。……ねえ、旦那、世の中には、そんな馬鹿な野郎もいるんですよ」

「ああ、本当に好い男だな、八郎兵衛は」

相槌を打ちながらも、重蔵は腰を上げる機会を油断なく見計らっている。

「でしょう？　本当に、いい奴なんですよ、八郎兵衛は。馬鹿がつくくらいのお人好しですよ」

仁助の語調がしみじみとしてきたので、もうそろそろいいだろうかと腰をあげかけ

ると、

「だからあっしは言ってやったんですよ」

仁助は再び強く言い募り、重蔵は一旦床子《しょうじ》から浮かせた尻を、再び音もなく床子の上に落とす。

「てめえの子だろうと、他人の子だろうと、娘の親になんぞなるもんじゃねえよ、ってね。いえね、あっしにも、三人、娘がいたんですがね、これがまあ、三人とも、揃いも揃って、薄情なやつらで、年頃になりやがると、育ててやった恩も忘れて、とっとと嫁にいきやがったんですよ。一人くれぇは、一生おとっつぁんとおっかさんのそばにいる、って言ってくれる子がいても、いいと思いませんか?……ったく、娘なんて、もつもんじゃありませんや。なのに、なんの因果か、うちのかかあときたら、娘ばっかり産みやがって……」

「………」

重蔵は諦め、仕方なく仁助の言葉に耳を傾けることにした。

重蔵に話しているうちにきっと、火がついたのだろう。人になにかを話すという行為には、そういう危険がつきまとう。相手が熱心に聞いてくれていると思うと、つい張り切って、もっともっと話したい、と思ってしまうのだ。ましてや、暇を持てあました隠居老爺《じじい》ともなれば。

(三人の娘が嫁《とつ》いじまって、淋しいんだろうな)

重蔵は、そう理解した。

そんなときは、黙って聞いてやるのがなによりの慰めだ。そのために寸刻を費《ついや》したところで、たいした問題ではない。ほんの寸刻のことで、一人の男の心が救われるのだ。

「そうかい。とっつぁんも、苦労したんだな」

しみじみとした口調で重蔵は言い、仁助に更に酒を勧めた。

この際じっくりと腰を据え、仁助が喋りくたびれるまで、彼の話を聞こうと決めたのだった。

二

とまれ、小春太夫は赤児の頃に一座の座頭に拾われた完全なる孤児である。

仮に、本当の両親を盗賊に殺されていたとしても、本人はなにも覚えていないだろうし、そのことを彼女に教える身内がいるなら、見世物一座で育てられることもなかったろう。

その上、あやしく思われた小夏の素性も、いまのところ、概《おおむ》ね本人の言うとおりであると判明した。

「東両国の見世物小屋の小夏？　ああ、お夏ちゃんのことか。浅草の青龍院《せいりゆういん》裏の長屋に、二親《ふたおや》と一緒に住んでたよ」

「かわいそうな子だよ。親が商売に失敗して、たいそうな借金背負って夜逃げして、置き去りにされちまったんだよ」

と口々に語ってくれる者の数が、優に五人を超えたのだ。

「どうして借金のカタに、娘を売ろうとは思わなかったのかね？」

重蔵の問いにも、

「なに言ってんです、旦那、お夏は、あの見世物一座に、二束三文で売られたんですよ。なにせ、このご時世でしょう。田舎からも、毎日のように娘が色街に売られてくるんですよ。よほどの器量好しじゃなけりゃあ、いい値はつきませんや」

当の金貸しの元締め自身が悪びれもせずに言ってのけた。

「お夏はなかなかの器量好しじゃねえか」

「まあ、好きずきですけどね。当世、ああいうきつい顔つきの娘は流行《はや》りませんや」

「そんなものかな」

「ええ、そんなもんです」

と自信たっぷりに断言する金貸しに、重蔵は閉口したが、そのまま納得して引き下がるしかなかった。それ以上、その男から引き出せる情報はなにもないと察したからだ。

(喜平次の野郎は、絶対なにか摑んでやがる筈なんだがなぁ)

あとは、《猿》一味がかつて江戸でおこなった押し込みのすべてをコツコツと調べあげることだが、これには些か時間がかかる。毎日、奉行所の記録所に積まれた厖大な量の記録を読みに、どう少なく見積もっても、十日は日参しなければならないだろう。

いっそのこと、喜平次を締めあげたいところだが、もし仮にそうしたとしても、喜平次はなに一つ語りはしない。

なに一つ語らず、力ずくに出た重蔵を心底軽蔑する。そして金輪際、重蔵の言葉には従わないだろう。そういう男だ。

一度は重蔵に心酔したからこそ密偵になったが、もとより、容易に飼い馴らせる男ではなかった。

一匹狼で、決して人の下にはつかない伝説の盗っ人《旋毛《つむじ》》の喜平次と重蔵が知り合ったのは、全くの偶然だった。

その頃重蔵は、とある盗賊一味探索のため、浪人風体で賭場に潜入していた。

賭場には、さまざまな人間が出入りする。ときには堅気《かたぎ》も出入りするが、そうでない人間のほうが、圧倒的に多い。

当然、さまざまな噂話を耳にすることもできる。

「さあさあ、丁方《ちょうかた》ないか、丁方ッ」

「半方《はんかた》ないか、半方ッ」

ドスのきいた中盆《なかぼん》の声が、閉めきられた堂内に響く。「丁!」とか「半!」とか叫ぶ客たちの声音は存外か細く、中盆の野太い声音に容易《たやす》く呑まれた。やがて、

「丁半揃いました」

の言葉とともに、肩から腕にかけて見事な弁財天女《べんざいてんにょ》を彫り込んだツボ振りが、ツボを取って中身を見せる。

二つの骰子《さいころ》の目は、ともに一。

「ピンゾロの丁」

賭場を仕切る中盆の宣告が為されると、堂内には、声にならないどよめきが起こった。

男たちの熱気で真夏の如く滾《たぎ》った堂内で、重蔵は己の神経を一心に研ぎ澄ましていた。半ばかりがやけに続いたあとで、この、絵に描いたように綺麗な丁。素人目にも、おかしいことはわかる。

「おい、ちょっとその骰子《さい》、見せてみな」

そのとき重蔵の見抜いたイカサマを、ほぼ同時に見破った者がいた。

「なんでえ、てめえ、言いがかりつける気か」

「いや、言いがかりではあるまい」

息巻く賭場の若い衆の前に、重蔵も立ちはだかった。

「儂《わし》も見せてもらいたいものだな」

「な、なんだとう」

「こ、このさんぴんがッ」

若い衆たちは、重蔵のことよりも、先に声をかけたその強面《こわもて》の町人のほうを恐れているようだった。

（さんぴん呼ばわりか）

重蔵には、それが些か気にくわなかった。

重蔵には目的がある。賭場で騒ぎを起こせば、即ち用心棒が現れる。その用心棒どもをぶちのめし、完膚無《かんぷな》きまでに叩き伏せるのだ。そうしておいて、役立たずの用心棒の代わりに、自分を売り込む。

「皆、聞くがよい、この賭場では、いかさまをしておるぞッ」

騒ぎを起こすため、重蔵はわざと声を張り上げた。

「こ、この野郎ッ」

「黙りやがれ、どさんぴんッ」

「先生方、お願いします」

ほどなく、奥から、人相のよくない浪人風体の男が三人ばかり現れる。何《いず》れも、顔に凄みを湛えた傷があり、堅気の目から見ればそら恐ろしい限りだが、たいした腕でないことは、重蔵には一目瞭然だった。

「なんだ、なんの騒ぎだ？」

面倒くさそうに問うたのは、三人の中で最も年嵩《としかさ》と見える、左頰に凄絶な刀創《とうそう》のある男だ。普通の客なら、もうこの男の顔を見た時点でビビって退散する。

しかし、当然ながら重蔵は臆さず、つかつかと進み寄ると、

「用心棒が、居眠りしてんじゃねえよ」

低声《こごえ》で言いざま、その鳩尾《みぞおち》へ、
どずッ、
いきなり拳固《げんこ》を叩き込んだ。

「ぐえっ」

ひと声呻《うめ》いて、男はその場に頽《くずお》れる。骨に罅《ひび》が入らぬ程度には手加減したつもりだが、すぐには起き上がれぬほどの力はこめた。打ちどころが悪ければ、充分罅が入っているだろう。

「こ、こいつッ」

その男が簡単に殴り倒されたことで、あとの二人は当然焦った。

慌てて刀の柄に手をかけるのを見るや、重蔵は更に進み寄り、

「こんなところで」

一人の鳩尾に拳固を突き入れざま、

「だんびらなんぞ、振りまわすんじゃねえよ」

もう一人の男の、鯉口《こいぐち》をくつろげたその手首を強《したた》かに手刀で打った。

「うぐぅ」

「つっ……」

　男たちは相次いでその場に頽れた。

　相手は、狭い堂内で大刀を振りまわすことの無謀さも理解できぬ愚か者どもだ。一撃で懲りさせようと思い、渾身の力をこめた。だから、鳩尾を打たれた若い男は当然胸骨に罅が入ったろうし、手首を打たれた男も、当分きき手は使えないはずだ。

「………」

　用心棒三人が瞬時に叩き伏せられてしまい、若い衆たちはただ青ざめるばかりである。

「よくもまあ、こんな腑抜けみてえな奴らばっかり、雇ってやがるなぁ。どうだ、もっと頼りになる用心棒を雇う気はねえか？」

　精一杯の悪党顔をつくって重蔵は言い、若い衆たちの反応を待つが、どうにも要領を得ない。

　仕方なく、

「親分を呼んで来いッ」

　頭ごなしに怒鳴りつけると、肌脱ぎに青々と刺青《いれずみ》を入れた若い衆は弾かれたように飛び上がり、忽ち何処かへ走り去った。

ほどなく、この賭場の胴元である、地回りの勝五郎《かつごろう》親分が息せき切ってやって来た。

「ああ、勝五郎親分かい」

日頃は大度《たいど》で知られた一家の親分もすっかり青ざめ、すぐには言葉も出ない様子に、
重蔵は内心苦笑しながら、

「お前さんたちの用心棒は、使いものにならなくしちまったぜ、どうするよ？」

「…………」

「新しい用心棒は必要ねえか、って聞いてんだよ」

「は、はいっ」

勝五郎は慌てて肯いた。

それから、さすがにこのままでは親分の威厳が形無しだと思い返したのか、

「とにかく、話をさせていただきましょう。お礼の件ですが……すごいお腕前のようですから、まさか、いままでの先生方と同じというわけにもまいりませんし。……ま、とにかく、奥へどうぞ――」

勝五郎は腰を低くして重蔵を招いた。堂の奥に、用心棒のための部屋があるのだろう。

重蔵は黙って勝五郎のあとに続いた。

若い衆たちは、呆気にとられてそれを見送った。その場にいた者たちも皆、騒ぎの元となったイカサマのことなど忘れてしばしぼんやりした後、互いに顔を見合わせるだけだ。

重蔵が奥に通されて寸刻。

話は簡単だった。重蔵があっという間に片付けた用心棒たちの代わりに、彼ら三人分の礼金で、重蔵がこの賭場の用心棒となること。賭場を開く日は、堂の奥のその部屋に必ず詰めていること。

勝五郎との取り決めは、その二つだけだった。

それから、酒肴になった。

落ち着きを取り戻した勝五郎と盃を交わしながら、重蔵は専《もっぱ》ら彼の話を聞いた。若い頃世話になった親分の話。一家をたてるにあたって、どれほど苦労したか、など。やがてほろ酔いとなった勝五郎は、重蔵の話も聞きたがったが、

「まあ、そのうちな」

とお茶を濁した。

「それじゃ、明日からよろしく頼むぜ」

別れの挨拶をして賭場をあとにしたときには、既に亥《い》の刻《こく》をまわっていた。

夜四つを過ぎれば、さすがにあたりは静まっている。

竹生島《ちくぶしま》も見えたりや
緑樹影沈んで
魚木に登る気色あり

ほろ酔いの心地よさから、重蔵がつい無意識に、謡曲「竹生島」の一節を口ずさんだとき、

「うまくいって、ようござんしたね、旦那」

不意に背後から声をかけられ、重蔵はギョッとした。反射的に足を止めたが、振り向かずとも、それが誰かはわかっている。

先刻、重蔵に先んじてイカサマを見破った男。あの強面の博徒にほかならない。

「あ〜、なんのことだぁ？」

わざと酔っぱらった口調で言いざま、ゆっくりと振り向いた。抜き撃ちに斬る意志はないと告げるため、両腕で大きく伸びをしながら――。もし、重蔵がほんの少しでも害意を示せば、その男は、迷わず攻撃を仕掛けてきただろう。

（真正面から斬り合えば俺が勝つ。だが、このまま背後を狙われたままでは危うい）

瞬時にそれを覚ったがための擬態であった。

「そうつれねぇことを言わず、少しは感謝してくださいよ。協力したじゃねえですか」

「ああ、礼を言う」

男が強面を崩し、意外に善良そうな笑顔を見せていたことに、重蔵は少しく驚いた。

だから重蔵は、つい素直に認めてしまった。だが、次の瞬間、

「旦那、火盗《かとう》でしょう」

「…………」

声を落として男が囁いた言葉には、さすがに絶句するしかなかったが。

「そういうお前は盗っ人か？」

「まさか。見てのとおりの、しがねえ博奕打ちですよ」

「ふうん。しがねえ博奕打ちが、火盗のことを気にするかねぇ？」

「別に気にしちゃいませんよ」

と口許《くちもと》を弛《ゆる》めてから、だが、すぐに厳しい顔つきになると、

「そんなことより、来てますぜ」

声を落として囁いた。

「誰が？」

「さっき旦那が片付けた連中が、仲間を連れて――」

「なるほど」

男に合わせて、重蔵も声を落とし、深刻そうな顔つきになる。

「わざわざ、それを教えに来てくれたのか？」

「い、いや……」

「すまねえな」

「え？」

「助太刀してくれるんだろう？」

「なっ……」

「十人くらい、いるんだろう？」

「そりゃあ、まあ」

「じゃあ、頼んだぜ」

男の耳許で囁くや否や、重蔵は大刀の柄《つか》に手をかけた。鯉口を切るのを見て、男は意外そうに眉を顰《ひそ》める。

「斬るんですか？」

「ああ」

事も無げに重蔵は肯き、男はいよいよ驚いた。

「旦那は、無駄な殺生《せっしょう》をしねえお方かと思いましたが」

「無駄な殺生じゃねえよ」

「…………」

「賭場の用心棒なんぞ、ろくなもんじゃねえ。そう思って、折角無傷で解き放ってやったというのに、わざわざ仲間を集めて仕返しに来るという邪悪さ。骨の髄まで腐ってやがる。そういう救いようのない悪党どもを根絶やしにするのが、俺の務めなんだよ」

言いざま重蔵は抜き放った。

大刀を抜きつつ、重蔵が顔を向けた方向は灯りの見えぬ闇の道だ。しかし、その白刃には月光が閃く。

「いけね、忘れるところだった」

一旦は闇の先に視線をやった重蔵が、つと男を顧みた。

「お前さん、名は？」

「喜平次と申します」

「俺は戸部重蔵だ」

言いざま重蔵は、闇に向かって駆け出した。喜平次は、その場にぼんやり佇《たたず》んだまま、優しげな外貌とは裏腹に、そら恐ろしいほど躍動的な男の背を見つめていた。

ほどなく、黒い布で顔を覆った浪人の集団が、重蔵の前へと殺到した。その人数、およそ十数名。重蔵に、慌てる様子は微塵も見られなかった。

「命の惜しい者は、直ちに立ち去れ」

一応断ってから、重蔵は殺到する浪人たちに対した。構えは、やや右寄りの正眼《せいがん》。

ギャッ、
げぇひッ、
ぐふぅは〜ッ、
すぐに、斬音とも悲鳴ともつかぬ音声《おんじょう》が立て続けに起こった。

その音声が五つを超えると、さすがにあたりは静まった。仲間の数が瞬時に半数近くに減ったのだ。如何に愚かな連中でも、重蔵の腕がどれほどのものかはすぐに知れたろう。

「話が違うぞ」

「大勢でかかれば楽勝ということではなかったか」

明らかに、主謀者を責める言葉が囁き交わされていた。

「よし、今度は死にたい奴から先に、前へ出ろ」

一歩一歩と踏み出しつつ重蔵は言い、浪人たちはジリジリと後退《あとじさ》る。

ぎゃがッ、
隙を見て重蔵の背後へまわり込もうとした者が、一刀両断された。

(助太刀なんぞ、必要ねえだろ)

喜平次が内心舌を巻いたほどに、ことの決着は早かった。

残りの人数が、三、四人となったとき、漸《ようや》く重蔵の最初の言葉に従って、彼らは元来た方向へと、一目散に逃げ出したのだ。

それを見送ってから、重蔵はゆっくりと刀をおさめた。

「喜平次」

「なんです?」

馴れ馴れしく名を呼ばれてつい応じてしまってから、喜平次はそのことを後悔した。

確かに自分は、この男に興味を持ち、大方火盗の役人であろうと目星を付けてきたが、それだけのことだ。別に、彼の身を案じたわけではない。ましてや、助けるつもりな

ど毛頭なかった。だが、

「おかげで命拾いした」

そのとき重蔵は、息も切らさずに言い、淡く微笑した。一見虫も殺さぬ善人の笑顔であった。

その笑顔を見た瞬間、喜平次は思わず胴震いした。

(恐ろしいお人だ)

長年の無頼の勘というやつだ。

だが、通常そういう勘なら、危険を回避するほうに働くべきだ。何故彼の勘は、この男に近づくことを許したのか。

(俺ぁ、なんだってこんな男、助けようと思ったんだ)

喜平次は、このときの自分の気持ちが、自分でも全く理解できなかった。

自ら、博徒だと明言したとおり、喜平次の表向きの生業《なりわい》は「遊び人」だった。

一時は堅気の仕事につこうとあれこれ試みたこともあったが、その生来の強面に、元々愛想もよくないとくれば、続く仕事のあろうはずがなかった。

しかも、博才《ばくさい》はあるようで、たまに賭場へ出入りすれば、優にひと月くらいは食いつなげる程度の稼ぎ方ができた。

加えて、盗っ人の稼ぎがあるから、懐《ふところ》は常にあたたかい。二十歳を過ぎる頃には、一人前の遊びもおぼえた。奉公先を飛び出してから数年、盗みで身を立てられるようになるまでは、ときには食うにも困り、ときには地獄の底を這いずるようなこともあったが、独力で覚えた盗みの技によって、この頃の喜平次は得意の絶頂にあった。

「いい加減にしとかねえと、いまに身を滅ぼすぜ」

偶然知り合った火盗改の同心は、執拗に彼に言い募ったが、喜平次は一向平気だった。

「捕まるようなヘマはしませんや」

「おい、誰に向かってものを言ってるんだ」

重蔵は苦笑するしかなかった。

盗っ人だと承知で、重蔵は喜平次を捕らえず、泳がせている。

なにか思惑があるのか、出会いの際のことを恩義に感じてくれているのか、それはわからない。しかし、優しげな顔つきと裏腹、悪党と見れば平然と殺せる非情さを思うと、確実に、なにか思惑あってのことだろうとは思う。

(まあいいさ。捕らえられて獄門にかけられようが、それがこの俺の運命だ)

火盗だろうが、奉行所だろうが、なにができるだろうと夕カをくっていた。

そんな喜平次に、まさしく天罰が下るようにして、ある夜忍び入った商家で、張り込んでいた火盗に捕らえられた。

驚いたことに、喜平次の捕縛について、重蔵は全く関与していなかった。得意の絶頂で隙だらけの喜平次に対して、なんの詐術《さじゅつ》も用いる必要はなく、ごく普通の探索の果てに、火盗の同心たちは彼を捕らえたのだ、と重蔵は言った。

「だから、いい加減にしておけ、と言ったではないか」

という重蔵の言葉を、牢の中の喜平次は、悪夢のように聞いていた。

その男が、巷間言われるように《仏》なのか、それとも真実の顔は《悪鬼羅刹《あっきらせつ》》なのかを知るには、喜平次はいま少しのときを要することになる。

三

「か、勘弁してくれっ」

男の掠《かす》れた声音が、雨のそぼ降る湿った闇を震わせる。

「た、頼む。助けてくれ……ひゃ」

シャッ、

聞き苦しい男の嗄《しゃが》れ声が不意にやんだのは、鋭い切っ尖が彼の鼻先を掠めたためだ。ひやりとした刃の感触に、男はただただ戦《おのの》いている。一寸先も見えぬ真闇の中では、その冷たさは底無しの地獄のように恐ろしかった。

「助けて……くれ……よ」

しばしの間をおいて、再び男は懇願する。途切れ途切れの泣き声である。

「た、助けてくれたら、なんでもするよ。……他の仲間の名前も教える。…あんたのために、働いてもいい」

「仲間を売るのか？」

男が泣きついていた相手が、はじめてボソリと問い返した。口許を、厚い布かなにかで覆っているらしく、低くくぐもった声音である。

「な、仲間なんかじゃねえよ、もともと。……俺ぁ、殺しなんていやだったんだよ。頭《かしら》に言われて、仕方なく、やったんだ」

相手が応じてくれたので、もしかしたら助かる余地もあるかと思ったか、ここを先《せん》途《ど》と、男は言い募った。

「そうだよ。……ほ、本当は、殺しなんて、いやだったんだ。殺したくなんか、なかったんだよ。でも、お頭に逆らえば、殺される。死にたくないから、泣く泣く悪事に手を染めたんだ」

「勝手な言い草だ」

くぐもった声音が、間髪《かんはつ》入《い》れずに男を詰《なじ》る。

「頭の言うなりに、いやいや人を殺したと言うのか」

「そのとおりだよっ。なにもかも、全部頭が悪いんだ」

「では、その頭は、いま何処でどうしている？」

「…………」

男が咄嗟に口を噤《つぐ》んでしまったのは、さすがに言うのが憚《はばか》られたせいだろう。

「どうした？　まさか、今更、頭に義理立てか？　自分の命が危ないってときに、見上げた心がけだな」

「うっ……」

切っ尖が、男の喉元に触れている。

「いいだろう。言わないなら、もう金輪際言いたくても言えなくしてやろう。頭に義理立てして、死ね」

「ま、待て、言う、言うから……」

男は必死に言いすがった。喉元に鋭い痛みが走っているのは、切っ尖が皮膚を裂いて肉に達したからにほかなるまい。

「お、お頭は、もうすぐ江戸に来るッ」

「もうすぐっていつだ？」

「…………」

「いつだ？」

「…………」

「助かろうと思って、いい加減なことを言ってるんだろう」

「ち、違う、本当に、知らねえんだ。お頭は用心深ぇから、誰にも……小鼠《こねずみ》の兄貴にだって、いつ江戸に行くとは教えてねえんだ……けど、もし助けてくれるなら、あんたのために、探ってくるぜ」

「本気か？」

「ほ、本気だよッ。……だから、なぁ、助けてくれよ」

「…………」

相手の無返答を、了解のしるしと受けとったのだろう。

「お頭が江戸に来たら、必ずあんたに知らせるよ。約束するから、助けてくれよぉ」

「約束するか？」

「ああ、するよ！」

男が力強く言い放った次の瞬間――。

ぐぅぶッ、
悲鳴とも殴打音ともつかぬ濁った音声が、闇を破って一瞬雨音を消した。

「約束……」

己の体が――、胸元も腹も、深く刃で貫かれたということにも気づいていないのか、男はなお懸命に言い募った。それほどに、己の命を惜しんだのだろう。

「く……する」

だが、言い切らぬうちに絶命し、がっくりと項垂《うなだ》れた。

「平然とお頭を売るような奴の『約束』など、誰が信じるか」

くぐもった低い声音が、男を罵《ののし》った。

それから、闇中にはしばしの静寂が流れた。

一人か、二人か……。闇に蠢《うごめ》く者たちの密かな息づかいを感じる暇もなく、
ゾンッ、
ゾンッ、

ゾンッ、
と、なにかを殴打するような、或いは切り裂くような低い濁音《だくおん》が鳴り、一瞬後にそれも潰《つい》えた。

(終わったか)

少し離れた河原の柳楊《やなぎ》の幹影からその一部始終を見届けていた喜平次は、そのとき少しく安堵した。

南町与力・戸部重蔵の密偵であるという自らの立場を思えば、決して、安堵していい場面ではない。目の前にいるのは、殺しの下手人なのだ。それも、重蔵が懸命に探し求める下手人だ。

それでも喜平次は、たったいま惨《むご》い殺戮をおこなった者に対して、それを責めようという気にはなれなかった。

(殺せば、何《いず》れてめえも死ぬしかねえんだぜ)

責めることはできず、ただその者の行く末だけが案じられた。

(とはいえ、《猿》一味に関わりのある者がここまで殺されちまったことを知ったら、果たして辰五郎は江戸に現れるのか)

案じた挙げ句、ふとそちら側の気持ちになって思ってしまったとき——、

「動くな」

不意に、ほんの五、六歩先から囁かれて、喜平次は戦《おのの》いた。

「おめえ……」

呻くように喜平次は呟いた。相手が誰なのか、勿論彼には知れている。それ故闇に息を潜める以外身の処し方がないこともわかっていた。

（くそ、いつの間に……）

さすがに焦った。

相手は、この闇中でも、十歩くらいの距離なら確実に急所を狙える手練である。

「どうして私をつけまわす？」

「…………」

「返答によっては、消えてもらう」

「なら、やれよ」

最早これまで、と思い、開き直って喜平次は言った。

「おめえの邪魔をする気はねえよ。邪魔する気なら、はなから今夜の殺しを止めてたぜ」

「わかっている」

相手は、最前と同様くぐもった声音で言い、注意深く呼吸を整える。はっきり目に見えずとも、それが、かなり小柄な体軀の持ち主であることも、喜平次にはわかっていた。

「だから聞いてるんだ。何故私をつけまわす？」

「さあ……気になるから、かな」

「ふざけるなッ」

「ふざけちゃいねえ」

相手の怒声に、殆どかぶせるように喜平次が声を荒げると、相手はさすがに言葉を失った。

「ふざけちゃいねえよ。悪ふざけで、命まで失いたくはねえからな」

強い語調で言葉を続け、

「だがな」

相手が完全に気勢を殺《そ》がれたとみるや、喜平次はやおら口調を変えた。

「そろそろ潮時ってもんだぜ」

「…………」

「できれば仇討ちを遂げさせてやりてえよ。けど、そろそろ町方も火盗も、調べを進めてやがる。ここらで切り上げて、江戸を出るのが利口だぜ」

「肝心の頭《かしら》をやらずに、なんの仇討ちだッ」

激して言い返した声音は、存外細くかん高い。

「時期を待てって言ってるんだよ。捕まっちまったら、元も子もねえだろ」

かんで含めるような喜平次の言葉を、どんな気持ちで相手は聞いたのか。思いがけず出会った味方、と思い、信頼してくれたか。否、裏切りと孤独しか知らずに育った者が、そう簡単に、見ず知らずの相手を信用するわけがない。身に覚えがあるだけに、喜平次はなにも期待しなかった。相手が、自分の言葉を信じることなく、その急所へ刃を突き立ててくるなら、それも仕方ないと思っていた。

（いいよ。殺すなら、殺せよ）

どうせこの世に、なんの未練もない身の上だ。

「なあ、おい？」

だが、相手からの返事はなかった。死の瞬間を思って目を閉じ、かつて愛した女を想ったりもした。

しばし後、相手が無言で立ち去ったのだということを、漸《よう》やくにして喜平次は知った。

いつのまにか雨はあがり、雲の切れ間に、淡く星が覗いている。

(俺ぁ、なにやってんだろうな)

雨上がりの夜空に瞬《またた》く星を、ただぼんやりと、喜平次は見上げた。

四

「信さん、助けて！」

「お悠——ッ」

自らの叫び声で、重蔵は目を覚ました。

お悠の悲しげな表情が、はっきりと脳裡に残る。

「許せ、お悠ッ」

無意識に叫びざま床の上に身を起こした瞬間、漸く重蔵は、それが夢であったことを知った。ひどい夢だ。

(夢か……)

冷たい汗で、水でも浴びたように背中が濡れている。

お京と出会ってから、お悠を身近に感じなくなった。

十数年間、あれほど身近に感じられた女の姿があっさり視界から消えてしまい、何処にも見出せなくなった。だが、それを淋しいとも思わず、お悠の面影を重蔵の中から消した女に、夢中になっていた。

お悠は優しい女だが、忘れられる身の上ともなれば、やはりそれを面白く思っていなかったのであろうか。

はじめて、夢枕に現れた。

それも、重蔵が最も見たくない姿で。

(俺を、責めているのか)

問いかけても、最早答える者のいない暗い虚空に目をやりながら、それでも重蔵は問いかけた。

(薄情な男と、責めているのか？)

闇はシンと静まったまま、こそとも答えてはくれない。

もとより、生前のお悠が、そんな女でないことは、重蔵自身が誰よりもよく知っていた。よく知りながら、なおそんなふうに考えてしまったことで、重蔵は更に落ち込んだ。

東次に犯され、短刀で胸をひと突きされながらも、重蔵が駆けつけるまで、お悠はなお息があった。ひと目重蔵に会いたい一心で、懸命に堪えていたのだろう。

だがひと目重蔵を見た瞬間、

「信さん……」

心底嬉しそうな顔をして、そのまま目を閉じた。

「お悠――ッ」

東次を一刀両断し、すぐ駆け寄って抱き起こしたときには、既に息をしていなかった。膚《はだ》の温みは、まだ充分に命ある者のようだというのに。

「すまん、お悠……」

お悠の亡骸《なきがら》を強く抱きながら、重蔵は泣いた。

一度は東次を疑いながら、結局疑いきれず、その結果大切なひとを喪《うしな》った。すべては重蔵の落ち度であった。男として、惚れた女を守れず、火盗改の同心として、悪人を捕らえて未然に凶行を防ぐことができなかった。

(なんのための、火盗改《かとう》だッ)

自らを激しく責め、且つは罵《ののし》った。

そのとき。

「へへ……」

店の中へ飛び込んできた重蔵を見た瞬間、東次はそのぶ厚い唇を歪めて彼を嘲《あざけ》った。果たして、重蔵が火盗の同心だということを、知っていたのかどうか、定かではない。だが、一見人の好さそうな重蔵を、完全に、なめきっていたことは間違いなかった。どうせ、たいした腕でもないから、或いは、ちょっと脅せばその場さえも切り抜けられる、と侮《あなど》っていたのかもしれない。

だから、土間を蹴った重蔵が、刀を抜きざま、次の瞬間自分の目の前に達していたことを、些か意外に思ったろう。

「あ……」

東次の口から短く驚きの声が漏れた。

激して、咄嗟に大刀を抜いてしまいながらも、重蔵の体は存外冷静だった。

無意識のうちに手許で鋭く刃を返し、東次の喉元をひと突きにした。天井の低い屋内で確実に敵を斃《たお》すには、突きしかない。重蔵の体は、それら一連の動作を、激した意識の中でも無意識におこなえるほど鍛えあげられている。

大きく目を見開いた東次の表情が恐怖に変わるのと、その喉元に深く刃が突き入るのとが、ほぼ同じ瞬間のことだった。

「ごがぁッ」

「外道《げどう》めッ」

その切っ尖を引き抜きざま、重蔵は罵声を吐いた。

お悠が既に事切れていると知ったとき、どうにもやりきれず、既に絶命したと思われる東次の体を、何度も刃で貫いた。そうでもしないと、東次に対する憎しみで、どうにかなってしまうと思われた。

既に息をしていない無抵抗な肉体に対して、疲れて息が切れるほどの攻撃を加えてから、重蔵はその場に力なく頽れた。

流れるのにまかせて拭いもしなかった涙が、気がつけば、ボタボタと東次の死骸の上に溢《こぼ》れていた。

「畜生……外道め……」

やがて番屋に詰めていた手先たちがその場に訪れ、

「だ、旦那ッ」

常とは別人のような重蔵の姿をそこに見出すまで、重蔵は我を忘れていた。

我を忘れて立ち尽くす重蔵の目の前に、ほどなくお悠が立った。

（え？）

さすがに重蔵は戦いた。

お悠は死んだ。ついいましがた、彼自身がそれを確認した。

「信さん」

なのに、重蔵の目の前に立ったお悠は、何事もなかったかのように彼を呼び、微笑みかけるではないか。

「いいのよ、信さん」

すべてを赦すお悠の微笑みはあまりに神々《こうごう》しく、重蔵には菩薩とも思えた。

「あたし、信さんと出会えてとても幸せだった。だから、誰も恨まないわ」

「そんなこたあねえだろ。俺があの外道を捕まえてりゃあ、おめえは死なずにすんだんだぜ」

「でも、どうせいつかは死ぬんだもの」

「…………」

菩薩の如きお悠の言葉が、本当に彼女の心から発せられたものか、重蔵の希望にすぎないのか。

ともあれ、その日から、重蔵の身辺には常にお悠がいた。

(ずっと、いてくれ)

心から願っていた。

生涯お悠のことを忘れずにいられるなら、こんなに嬉しいことはない、と思っていた。思っていた筈なのに、だがいつしか重蔵は、自分の都合のよいように、自分の中のお悠を作りかえていたらしい。

(あたしは、怒りもすれば恨み言も言う、ただの女ですよ、信さん)

そのとき、重蔵の胸裡に描かれたお悠の顔は困惑し、少しく眉を顰めていた。長年彼が思い描いた菩薩の顔ではなかった。

「いい風ですね、旦那」

突然の女の声音に驚き、重蔵は橋の欄干に手をかけたまま、一瞬間身を凍りつかせた。

だが、暮六ツ前の万年橋に、不穏な気配は感じられない。殺気も感じられない。

当然、声の主に害意はなかった。

「お京さん」

振り向いて、そこに浴衣《ゆかた》姿のお京を見出すと、重蔵は思わず息を呑む。

少しく紅潮した膚《はだ》に、鳴海絞り《なるみしぼ》の藍染めの色がよく映えて、ゾクッとするほどの艶《つや》っぽさだった。化粧気のない顔の輪郭に湿った洗い髪が垂れている。芸者あがりのお京にはなんでもないことかもしれないが、一応武家の重蔵にとって、好いた女の湯上がりの姿を目《ま》のあたりに見ることは些か刺激が強すぎた。日頃、役得で女湯に入ることもあるというのに。

「湯屋の帰りかい？」

目眩《めまい》がするほどのお京の色香に驚きながら、重蔵が漸く当たり前のことを問い返すと、

「ええ、久しぶりに、芸者の頃のねえさんと会ったんで、つい長湯しちまいました」

お京は寛《くつろ》げた衣紋《えもん》のあたりを、自らぞんざいに手で扇《あお》ぐ。その仕草が、まるで自分を誘っているかのように錯覚して、重蔵は思わず目を逸らした。

「いい女が、そんななりでうろうろしてちゃいけねえな。さっさと帰ったほうがいい」

「いやだ、旦那。あたしみたいな年増、誰も相手にしちゃくれませんよ」

お京は屈託なく声をたてて笑うが、

(他の誰が相手にしなくても、この俺が相手にするぜ)

と思っていようことなどおくびにも出さずに、重蔵は表情を引き締める。

「そういやあ、家のまわりをうろついてたって奴ぁは、どうなった？　まだうろうろ

してやがるのかい？」

「いえ、近頃は全然……旦那のおかげです。お気にかけていただいて、ありがとうございました」

「そう見せかけて、なにかよからぬことを企ててるのかもしれねえからな。まだまだ油断できねえよ」

「でも、いつまでもお手を煩わせるのは申し訳なくて……」

「気にしなさんな、これも仕事だよ」

互いにさり気ない口調で言い合いながら、重蔵とお京は橋を渡り、なんとなく、お京の家のほうへと向かっていた。

暮六ツが近いとはいえ、季節柄、まだあたりは真昼の如き明るさである。湯屋帰りの婀娜《あだ》っぽい女と八丁堀与力が連れ立って歩けば、いやでも人目についてしまう。

往来で擦れ違う者たちは、ついつい彼らに好奇の視線を向ける。

その視線を、半ば心地よく感じながら、

「お京さんには、昔、好いた男がいたんだってな」

湯上がりの女の色香に惑わされるようにして、つい重蔵は口走った。

その瞬間、お京が息を止め、言葉を呑み込んだことに、日頃は人の気持ちに鋭敏な男が、終《つい》ぞ気づかなかった。

「ええ、いましたよ」

一瞬後にお京が答えたとき、彼女の声音は常のものとは少しく違っていたのだが、そのことにも、重蔵は未だ気がつかなかった。

気づかぬままに、なお無粋な問いを発した。

「どんな男だい？」

「忘れましたよ」

重蔵はつと足を止め、お京を顧みた。お京の声音が悲しく湿っていることに、このときになって漸く気がついたのだ。

「本当に、昔のことですから」

お京の表情は意外に明るかったが、声音は別人のように悲しく、その瞳はどこか、目の前の景色からはほど遠いところを映しているように見えた。

(そんなに、その男に惚れてたのかい？)

湧き起こった思いを、すぐさま口にできるほどの勇気は、重蔵にもなかった。

第五章　恩讐《おんしゅう》の果てに

一

「あぁ〜ッ」

悪夢の果てに、己の発する悲鳴で目を覚ました。

両腋から背中にかけて、水を浴びたかと思うほど、しとどに寝汗をかいている。

（あいつ、「許してくれ」って泣いて命乞いした……）

夢に現れたのは、つい先日殺したばかりの男ではなく、最初に手にかけた男だった。

一見、お店の手代という表の顔がお似合いの、平凡で善良そうな男だった。何処かで擦れ違っても、すぐに見忘れてしまいそうな、本当に平凡な顔だちの男だった。

人気《ひとけ》のない場所に呼び出し、出刃《でば》を何本か打ち込んで身動きできなくさせておいて、自らの素性を名乗り、目的を告げた。

「ゆ、許してくれ……」

男は忽《たちま》ち震え出すと、懸命に命乞いをした。

「大声を出すな」

牽制のために、もう数本、身体スレスレのところへ出刃を打ち込むと、男は容易《たやす》く小便を漏らした。闇夜であったが、男の垂れ流すものが足下の砂利を濡らす様子は、ありありと見てとれた。

(他人の命は平然と奪うくせに、自分の命が奪われるとなると、小便を漏らすのか)

甚《はなは》だ呆れたし、嫌悪もした。

許す気になど、到底なれなかった。

「その命乞い、地獄で閻魔《えんま》にするがいい」

だから、殺した。

ただの殺しではない。歴とした理由があってのことだ。

「赤穂《あこう》浪士の討ち入りをご覧じろ。曾我《そが》兄弟の仇討《あだう》ちの芝居は誰が演じても連日大入りじゃ。親兄弟を殺されたらその仇を討つのは、人として当然のことじゃ。悪事を働いた者は、報いをうけるべきなんじゃ」

口車に乗ったわけでは、決してない。

すべて自分で決めて、自分でおこなったのだ。もとより、仇が何処の誰であるかを知らぬため、それについてはその者の力を借りたが。

三年前、両親を、幼い弟や妹を、目の前で殺された。

あの恐ろしい光景は、三年のときを経たいまも、脳裡から離れない。

何故自分一人が殺されずにすんだのかはわからない。わからないがしかし、その日から、それまで当たり前に思ってきた幸せが潰《つい》え、生きながらの地獄のような日々がはじまったことだけは確かだ。いっそ、家族と一緒に殺されていたほうがましだったと、何度思ったかしれない。

(畜生)

持ち前の勝ち気さが、絶望感に更なる拍車をかけた。幸せだった頃の記憶が、いっそ悪夢のようだった。あの頃に戻れぬものなら、すべてを忘れてしまいたかった。

そんな生き地獄の日々の中で、いつしか、

「仇討ち」

という蠱惑《こわく》的な言葉が心に芽生えた。

家族を殺し、自分の幸せを奪った者たちをこの手で殺したい、八つ裂きにしたい、と願うようになった。

そいつが現れ、すべてを教えてくれたのは、そんな矢先のことである。

明らかに、復讐は自分の意志だった。人を殺せば地獄に堕ちる、と教えてくれたのは、子供の頃、両親に連れられて行ったご先祖の墓のある寺の坊主だ。だが、既に生きながら地獄の中にいる自分にとって、地獄など少しも恐れるものではない。何人殺そうと、どうせ地獄に堕ちるのだ。堕ちるのは一度だ。

だから、僅かも後悔などしていない。己の罪を悔いてなどいない。いない筈なのに、いやな夢をみるのはどういうことなのだろう。

(あの男のせいだ)

その男に殺しの現場を目撃されたのは、それがはじめてではなかった。おそらく、その一つ前のときも、見られていたと思う。独特の雰囲気を備えた、あれほど異様な男にお目にかかったことはなかった。

てっきり、自分のすることを邪魔しようとしている男なのかと思ったら、そうではなかった。

「そろそろ潮時ってもんだぜ」

と言ったときの男の顔は、なんとも言えない表情だった。責めるわけでもなく、哀れむわけでもなく、何故かひどく悲しげだった。

てっきり、町方か火盗の密偵だとばかり思っていたので、その微妙な表情に、出鼻をくじかれた。目的を達成するためには、邪魔者は排除するしかない。現場を目撃されたからには、殺すしかないと決めていたのに、結局できなかった。

その夜からである、いやな夢に魘《うな》されるようになったのは。

忘れていた罪悪感が、その悲しみの表情に触れた途端、堰《せき》を切ったように溢れ出したからなのか。

(あの男、なんだってあんな目であたしを見ていたんだろう)

寝床を出て、足音に気をつけながら井戸端へ行く。釣瓶《つるべ》を手繰《たぐ》って水を汲むと、桶に口をつけて貪《むさぼ》り呑んだ。

残りを、思いきって頭から浴びる。

井戸水の冷たさが、その瞬間、罪のすべてを洗い流してくれるかのような束の間の安堵をもたらした。心地よさ故にもう一度水を汲み、再び、
ざばぁッ、
と頭からかぶったとき、背後に人の気配を感じた。

「お嬢」

「…………」

闇から響く低声《こごえ》に、無意識の戦慄を覚える。

敵ではないとわかっていても、闇から来る者に対しては、どうしても警戒心を抱かずにいられないのだ。

「どうしなさった、こんな時刻に？」

「別に、なんでも……」

「なんでもないことがあるかい、あんなに魘されて――」

「聞いていたの？」

つい咎める口調になって問い返すと、

「心配なんだよ」

嗄《しゃが》れた低声に、それでも精一杯の感情がこめられた。

「…………」

一瞬の間のあとに、

「どうしてあの男を始末しなかった？」

嗄れた男の低声は責める言葉を口にした。

「あの男は、仇じゃない」

「だが、見られちまった以上、殺《や》るしかないじゃろう」

「仇でもない相手を殺すなんてできない」

「奴が番屋へ駆け込めば、すべてが水の泡なんですよ」

「あの男は、番屋へなんか駆け込まない」

「どうしてそんなことが言い切れますか」

「どうしてって……」

逆に問い詰められ、困惑しつつも、お嬢と呼ばれた女は、

「そんなことより、本当に、あと一人で終わるんだよね？」

思いきって、話題を変えた。

「次こそは、確実に、頭《かしら》を殺《や》れるんだよね？　次で、最後なんだよね？」

「そ、そりゃあ、もう……」

嗄れ声が、俄《にわか》に気弱な口調になる。

「次は、頭の辰五郎ですよ」

「何時《いつ》？」

「え？」

「何時、殺れるの？」

「…………」

「《猿《ましら》》の頭は、いつ江戸に来るの？」

「太夫《たゆう》……いや、お嬢、そんな大声だしなさんな」

「いつ…来るの？」

「もうじきですよ。……《猿》の辰五郎は、江戸で稼いだ金を取りに、もうすぐ江戸に来ます」

「半年前から、ずっと同じことを言ってるじゃないか！」

「焦っちゃいけねえよ、お嬢」

嗄《せ》れ声が、宥《なだ》めるように言う。

「急いては事をし損じる、だ。な、お嬢、ここまでうまくいってるんですぜ。焦りさえしなけりゃあ、きっと、すべては上手《うま》くいきますよ」

「…………」

「堪えてくださいよ。すべては大願成就のためでしょう」

「…………」

「手下どもを殺せば、それを知った辰五郎が、必ず金を取りに現れる。計画どおりですよ。あとは、辰五郎を殺って、奴らが隠したお宝を、手に入れましょうぜ」

「ちょっと、待って、お宝を手に入れるって、一体……」

「ああ、お嬢は気にしなくていいんですよ」

「待って、親爺さん！」

「いいです、いいです。わかってますから」

噯れ声は湿った笑い声をあげた。

「お嬢の仇討ちは、ただご主人さまたちの恨みを雪《そそ》ぐためのもの。金目当てだなんて、思っちゃいませんよ」

「親爺さん」

「わかってますよ、お嬢」

「…………」

「けどね、無事仇討ちを成し遂げたあとは、江戸からずらからなきゃなんねえでしょう。そのためにも、多少の金はあったほうがいいんですよ」

話の途中から声が更に低まったのは、彼女の傍《そば》を離れはじめたせいである。話を一方的に切り上げるときの、彼のいつものやり方だった。

（親爺、まさかお宝とやらが目当てで……）

彼女の胸に、一抹の不安が過った。

不安を抱えたままで部屋に戻ると、気配を察して目を覚ました小春が、心配そうに佇《たたず》んでいる。

「どうしたの、お夏ちゃん？　ずぶ濡れじゃない」

「どうもしやしないわ」

「でも、さっきもすごく魘されてたわ。このところ、毎晩よ」

「なんでもないったら、なんでもないのよ。寝苦しかったから、水を浴びたの。おかけでさっぱりした」

強い語調で言い切るお夏に、

「着替えないと、風邪ひくわ」

それでも小春は弱々しく言い募った。

気の強いお夏は、一方的に押し切ろうとするが、一見気弱そうに見えて、小春もなかなかあとへは引かない。存外頑固な性分なのだ。

「大丈夫だってば。あんた、ホントにお節介ね」

「だって……」

小春は怖《お》ず怖ずと口ごもる。

子供の頃一座に拾われ、芸人となるべく育てられた小春だが、いくら厳しい修練を積んでも、なんの技《わざ》も上達しなかった。容姿も十人並み故、今更色街に売るというわけにもいかず、一座では下働きの仕事をしてきた。

そんなところへ、三年前、お夏が一座に売られてきた。十五にもなって、遊芸の技を身に着けるのは並大抵のことではない。だが、お夏は、忽《たちま》ちにして出刃打ちの技を身に着けてしまった。すごい才能だと思った。

だがお夏は不思議なことを言った。

「表向きは、あんたが太夫だってことにしてくれない？」

「え？」

「あたしは的《まと》役ってことにして。見世物の舞台に出るときは、役者みたいな厚化粧をするんだから、わかりゃしないわ」

「で、でも、どうして？」

「一座の太夫となれば、そのうちご贔屓《ひいき》のお座敷に呼ばれたりもするでしょう。あたし、そういうの苦手なの。太夫のふりをして、あんたに行ってほしいのよ」

「で、でも……」

「座頭も、それでいいって承知してくれてるわ。小春太夫が一座の人気者になれば、それでいいんだから。ね、お願い小春ちゃん」

強く懇請されて、わけはわからぬながらも、小春はそれに従った。実際には、舞台で的《まと》になるのは小春のほうである。だが、世間に対しては、出刃打ちの太夫は小春であるというふうにした。

お夏が嫌がるご贔屓筋のお座敷は、小春にとっては嬉しい仕事でしかなかった。なにしろ、美味《おい》しいものを食べさせてもらい、ニコニコ笑っていればいいのだ。孤児である小春にとって、他人の中で生きるというのは、常に手放しで愛嬌を振りまくことだった。なにを言われてもニコニコしている愛想のいい娘に対して、つらく当たる者は滅多にいない。芸事の才能を持たぬ小春にとって、その愛想の良さだけが、唯一傑出した才能だといえたろう。

「いいから、もう寝ようよ。明日も早いんだからさ」

口ごもってモジモジする小春を、お夏は強引に障子の中へと押しやった。小春が、本気でお夏のことを案じてくれていることはわかる。だからこそ、小春にはなにも知られてはならない。できれば、知られぬうちに、すべてのケリがつけばよいと思っていた。

二

「お師匠さま、また明日」

「ええ、気をつけておかえりなさい」

「ありがとうございました」

若い弟子が深々と頭を下げて出て行くのを、お京はぼんやり見送った。

脇息に凭《もた》れて、しばらく考え込んでいたが、ふと三味線を取り上げ、つま弾いてみる。

こなた思えば千里も一里、
逢はず戻れば一里が千里

無意識に口ずさんだのは、相愛の男女の恋情を訴える意味の小唄だった。

口ずさむと、忽《たちま》ち胸の奥が疼《うず》くように痛む。

(なんだい、惚れたふりなんかしやがって)

お京の胸裡を占めているのは、昔惚れた男の面影ではない。つい最近出会ったばかりのつれない男だ。年齢の割には妙に若々しい、はにかんだようなあの笑顔が、気になりはじめたのはいつからだったか。

てっきり、自分に気があるものと思い、男の足が自分の許《もと》へ向くよう、自ら仕向けた。

「近頃妙な男がうろついてて……」

などというのはたんなる口実だ。今更、男に身辺をうろつかれたくらいでビビるようなお京姐《ねえ》さんではない。

だが、見えすいた誘いにまんまと乗って、男は三日と開けず、お京の家を訪れるようになった。

正直、《仏》と呼ばれるほど筋金入りの善人だが、堅物で知られた八丁堀の与力から惚れられて、満更ではなかった。

だから、それとなく靡《なび》く様子を見せたのに、ちっとも口説《くど》いてこない。

家に来れば、いつも決まって、長々とした昔話。てっきり、昔の女の話になるのかと思い、お京が手ぐすね引いて待ち受けていても、すんでのところで引き返す。惚れている女の前で、昔の女の話をするのは、気を引くための王道だ。

かつて深川の羽織芸者だったお京は、そうした男女の手練手管《てれんてくだ》には敏感だ。

(今日こそは……)

期待して待っているのに、その都度、

「また来るよ」

などと、例のはにかみ笑いを満面に滲《にじ》ませて男は言い、そのまま行儀よく辞去してしまう。

(まさか、焦《じ》らしてるの？　このあたしを？)

深川一の売れっ子を誇ったお京には、焦れったくて仕方ない。

焦れるがあまり、とうとう、湯上がりの姿を見せる、という最終手段をとったのに、その婀娜《あだ》っぽい姿を目のあたりにしていながら、言うに事欠いて、

「早く帰ったほうがいい」

とぬかしやがった。

(正気かしら？)

お京は疑い、そして失望した。

結局彼は、自らの立場をどうすることもできない——立場を超えることのできない、つまらぬ男なのだろう。

歴とした武家――それも、与力ほどの身分の侍が、町方の、それも堅気ともいえぬ常磐津の師匠などと下手《へた》に関係すれば、今後の出世に響く。きっと、そう考えているのだ。

(これだから、二本差しなんて人種は……)

お京は重蔵に失望すると同時に、目の前の男が来ないとなると、つい忘れた筈の男のことを考えてしまう自分にも失望していた。

(男がいなけりゃ、一日も生きていけないってわけでもあるまいし)

失望する自分を奮い立たせて、無意識に三味線の弦を強く弾く。

つま弾くつもりが、いつしかバチを、殴るように叩きつけていた。

詮無《せんな》き思いに、身は細る、

かくあらば契るまいもの、

今更に思えば、身こそ数ならぬ……

三味線組歌の「中島《なかじま》」を、まるで親の仇のように奏《かな》でてから、お京はつと、三味線を傍《かたわ》らに置く。

恋ではない。

男の体が恋しく思えただけだ。ただ、それだけだ。そんなところへ、ちょっといい男が現れて、気のある素振りなど見せたから、ついその気になっただけ。それだけのことだ。だから、これは断じて恋などではない、と自分に繰り返し言い聞かせていた。

だが、言い聞かせるほどに、自らの奏でる音に乱れの生じることが、お京は心底口惜しかった。


(なにかあったのか?)

木戸の外に立ち、時折流れてくる三味線の音色に、重蔵は耳を傾けていた。

お京の奏でる曲調は、明らかに乱れている。ほぼ毎日のように聞いていたのだ。音色を聞けば、彼女がどのような心境でいるか、ある程度予想できる。ときに激しく波立つような音は、或いは重蔵を誘っているのではないかとさえ感じられたが、いますぐ木戸を開いて中に入りたい、という欲求に、辛うじて重蔵は堪えた。

(いまは、やめておこう)

一度は去ったお悠の姿が、再び夢枕に立つようになってから、重蔵は、お京を訪ねることをやめていた。それ故、数日前たまたま路上で出会《でくわ》してからというもの、お京の顔を見ていない。

毎日でもその顔を見たい、と思った。いまでもその気持ちに変わりはない。女に惚れるという感情を本当に久々に思い出し、自分でもそれを満更でもないと感じていた。

三日とあけずに通っていると、いつしかお京のほうも、重蔵に好意を抱きはじめたように思えた。それが決して重蔵の思い上がりではない証拠に、先日万年橋の上で湯上がり姿のお京から、

「寄って行きませんか？」

と誘われた。

まだ生乾《なまがわ》きの洗い髪から淡く伽羅《きゃら》の香りを漂わせた艶《あで》やかな女が、家に寄って行け、と言うのをむざむざ断る男はいまい。

だが重蔵は、

「やめておくよ」

にべもなく断った。

自らとったつれない態度に、もう一人の自分があっけにとられていた。

あれほどあからさまなお京の誘いを、何故断ったのか。お京の口から、昔惚れた男

がいたと聞かされたことに動揺したからか。昔のことだ、と言いながら、お京がその男のことをいまでも想っていると察してしまったからか。

(なんでだろうなぁ)

自分でもよくわからない。

わからないがしかし、それ故、いまはその顔を見るのが恐かった。

おそらくお京は、据《す》え膳《ぜん》も食えない臆病者の重蔵を、蔑《さげす》んでいるに違いない。

今更のこのこ会いに行っても、

「あら、なんの御用です?」

とすげなく問い返すだけで、お京は家の中にも入れてくれないような気がするのだ。

だったらあのとき、誘いにのっておけばよかったものを、と大いに後悔もしている。

《仏》と呼ばれようが、堅物の噂をたてられようが、重蔵とて煩悩に囚われた生身の男に過ぎない。

それ故、無理にも己を律することが必要になる。

(とにかくいまは、《猿》にまつわる一連の殺しを、解決しねえとな。すべてはそれからだ)

自分自身に言い聞かせ、重蔵はお京の家の木戸に漸《よう》く背を向けた。たまに路地を通る者が、重蔵に気づいて視線を注《そそ》いで行くのにも、既に慣れた。なにしろ、三日とあけずに通った路地だ。しかし、声をかけずに立ち去ったのは数えるほどしかない。

(片がついたら、また会いに行こう……)

路地を抜け、通りへ出る頃には、重蔵の気持ちも女から離れ、事件へと向かいつつある。また会いに行って、果たして女が自分を歓迎してくれるかどうか、それは考えなかった。考えても仕方ないことだった。それよりも、いまは考えねばならぬことが山ほどある。

三

《猿》の辰五郎と呼ばれる冷酷無比な頭《かしら》に率いられた盗賊の一味が、はじめて江戸で押し込みを働いたのは、いまから十五年前のことである。

当時、江戸では五本の指に入るといわれた油問屋の小川屋が襲われ、主人の家族はもとより、下働きの小女《こおんな》にいたるまで、一人残らず殺された。

(あれはひでえやり口だった)

当時まだ火盗改にいた重蔵は、その現場を仔細に検分している。

通常、使用人十人以上もの大店《おおだな》を襲う場合、予《あらかじ》め一味の者を店に送り込んでおき、中から戸を開けさせるものだ。

だが、辰五郎はそうせず、物音が周囲に響くことも恐れず、力ずくで板戸をぶち破った。

多少物音をたてても、腕自慢の荒くれ者を揃えたことで、短時間に家人たちを始末できる自信があったからだろう。少なくとも十人以上の大人数で押し入ったものと思われていたが、喜平次の言うように、押し込みごとに腕のいい者を雇い入れるのが《猿》一味のやり方なら、或いは少数精鋭で押し入ったものかもわからない。

その後たて続けに同様のやり口の事件が起こり、一味を率いる頭の名は《猿》の辰五郎であるという調べもついた。

だが、目撃者を残さず、短時間に犯行を済ませて立ち去るというその手口故、なかなか手がかりは摑めなかった。押し込み毎《ごと》に手下《てか》を変えていたとすれば、それも頷《うなず》ける。

その後も《猿》一味は手がかりを摑ませぬまま数年毎に現れては荒稼ぎを繰り返していたが、三年前日本橋の両替商を襲ってからは、一切《いっさい》姿を現していない。

通常、三年も音沙汰がなければ、その一味は既に自然消滅したものと思ったほうがいい、ということも、喜平次が教えてくれた。

「では、消滅した一味はどうなる？」

自らの全身が激しい怒りに打ち震えるのを感じながら、重蔵は問い返した。

「さあ……、足を洗う者もいれば、別の一味に加わって盗みを続ける者もいるんじゃねえんですか」

「残忍なやり口で知られた《猿》の一味は、跡形もなく消え失せるってことか？」

「頭が年とって、そのあとを継ぐ者がいなけりゃあ、当然そうなりますよ」

「じゃあ、なにか、やりたいだけ、好き放題の非道を働いておいて、そのままなりをひそめちまえば、お咎めなしってか？」

「まあ、そういうことになりますかね」

このときの重蔵の怒りには、喜平次のほうが困惑した。

「ふざけるなッ」

喜平次の胸倉を摑みかける勢いに、

「旦那、落ち着いてくださいよ」

さしもの喜平次も閉口し、

「今更なに言ってんです。いまのご時世、悪党が得をする世ン中だってことくらい、旦那が一番よくご存知なんじゃねえんですか」

宥めるような言葉を吐いた。

重蔵には返す言葉がなかった。

もとはと言えば、賊を捕らえることができなかった火盗や町方が悪い。そもそも怒りの矛先は、自分自身にこそ向けられるべきだった。だから、

「すまねえな」

重蔵は素直に詫びた。

「いいえ」

喜平次は、それ以上なにも言わなかった。喜平次に、重蔵の苦衷《くちゅう》が察せられぬわけはない。それでもなお、自らの知る事実を重蔵に教えようとしないのは、それだけの理由があってのことなのだと、重蔵は理解した。自ら語らぬ男を、それ以上問い詰める気にはなれなかった。

ともあれ、一家皆殺しという最低最悪の手口をとり続けてきた《猿》一味にも、どうやら手抜かりはあったらしい。

一味に皆殺しにされた家族の、唯一の生き残りが、家族の復讐のために一味の残党を次々と殺しているのだとしたら、そういうことになる。

(記録を探せば、手がかりは見つかるかと思ったんだが……)

重蔵は半ば途方に暮れつつ、溜息をつく。

薄暗い書庫の奥で、埃臭《ほこり》さに堪えつつ、果たして何刻過ごしただろう。小窓から辛うじて陽が射しているところをみると、未だ夕刻には到っていないようだが。

お縄にできなかった事件でも、一度町方の調べが入った以上、事件の詳細は記録に残る。奉行所の記録を調べればなにかわかる筈だと思ってここへ来たが、どうやら考えが甘かった。

記録は、確かにある。

いや、確かにあるのだろうが、容易には探せない。

何故なら、《猿》一味の押し込みだけを、別に取り分けてあるわけではないからだ。厖大な量の記録の中から、埃を払って一冊を取り出し、その中から《猿》一味に関する文書を探し出す。そのためには、結局厖大な量の文書すべてに目を通さねばならない。

(こりゃあ、無理かなぁ)

少なくとも十冊は目を通しても、目指す記載に出会えず途方に暮れかけたとき、

「おや、戸部様、珍しいですね」

同心の林田喬之進が、奉行にでも言いつかったのか、両手に抱えた冊子を元の棚へと戻しに来た。

「調べ物ですか？」

「見ればわかるだろう」

などと身も蓋《ふた》もないことは言わず、重蔵は黙って微笑《ほほえ》んだ。

「一体、なにをお調べに？」

その笑顔に安堵した喬之進は、冊子を棚へ戻しつつ、更に問うてくる。与力の身分にかかわらず、ちっとも偉ぶったところのない重蔵は、蓋《けだ》し、話しやすい上司なのだろう。年齢も、おそらく彼の父親とさほど変わらない。だから、重蔵を見つめるその顔は、少年というより、いっそ童子のようですらあり、借り物のような黒紋付きの羽織に着流し姿はものの見事に似合っていなかった。

(俺がこいつの親なら、あと十年は勤めに出さねえよ)

苦笑を堪えつつ思ってから、重蔵はふと思い返し、

「臨時廻りをやってるお前の親父の源治郎《げんじろう》さん、たしか火盗《かとう》にもいたことがあったな？」

問うてみた。

「え、ええ」

不得要領に、喬之進は肯く。

喬之進の父親は重蔵と同い年か、せいぜい一つ二つ上くらいだから、殆ど同年代といっていい。たしか、火盗にいた時期も、数年はかぶっているはずだ。

腕自慢で、常に現場での働きがその勤めの大半であった重蔵とは違い、喬之進の父・林田源治郎は、主に日誌の執筆や役宅の雑用のような仕事を受け持っていた。荒仕事の多い火盗と雖《いえど》も、細々した雑務をこなす人間は必要で、それなりに重宝される。殊に火盗に来るような者は殆どが現場で暴れたい者たちばかりだから、源治郎のような存在は逆に際立っていた。

もっとも、若い喬之進は、そういう父の地味な職務までも引き継ぎたい、とは思っていないだろうが。

「親父さんは、近頃忙しくしてるかい？」

重蔵は、世間話のような口調で、更に問うた。

暇さえあれば市中を見廻り、事件の際には聞き込みをする定町廻りの同心と違い、一旦役を退いた臨時廻りは、特になにかを言いつけられない限り、自宅待機が常である。況《ま》してや、源治郎のように、現場にあまり縁のなかった者は、事件が起こっても、自ら進んで動くようなことはしないだろう。定町廻りのときでさえ、上から言いつけられたことを、ただ黙々とこなしているだけだったのだ。

だが、そうした地味な雑務を黙々とこなす生真面目な人間は、総じて物覚えがよい、という長所を有しているものだ。

「いえ、特には……」

なお不得要領に、喬之進は首を振った。

地味な雑務を黙々とこなしてきただけで、特に目立った手柄を立てたことのない父親を、喬之進は内心軽んじているのだろう。父親のことを、重蔵が口にした途端のその困惑顔が、すべてを物語っていた。

(親父さんを小馬鹿にするなんざ、十年どころか、百年早いぜ、坊っちゃん)

内心呆《あき》れつつ重蔵は思うが、さあらぬていで、

「なら、いま時分は、家にいるな?」

「ええ、多分」

「久しぶりに話がしてえや。これからちょっと行ってもいいかな?」

「え?」

「ちょうどいいや。おめえも一緒に来なよ」

「ど、何処へです？」

「決まってんだろ、おめえんちだよ」

「な、何故それがしの……せ、拙宅へ？」

「聞こえなかったのか？」

「なにがです？」

　と問い返した喬之進の顔を、一瞬間呆気《あっけ》にとられて重蔵は見返した。たかが、家に行くと言ったことに対して、どこまで狼狽《うろた》えれば気が済むのか。子供を持たぬ重蔵には、幼児の心の動きはいま一つ理解できない。

「どうしておめえのうちへ行くのか、ってそりゃあ、久しぶりに、おめえの親父さんと話がしてえからに決まってんだろ」

「…………」

　言い置いて、さっさと書庫から出て行く重蔵の背を、喬之進はしばし無言で見送った。なにが起こったのか、いや起こりつつあるのか、理解するのには些《いささ》か時間がかかりすぎた。

「あっ……、お、お待ちください、戸部様」

　一瞬後、喬之進は漸《ようや》く理解し、慌てて重蔵のあとを追った。

「これは戸部様、御用の向きがあれば、こちらから伺いましたものを――」

喬之進の父・林田源治郎は、重蔵を見ると忽ち恐縮し、自ら式台まで降りて出迎えた。

「いや、こっちこそ、突然押しかけて来て、すまねえな」

恐縮しながら、重蔵は応える。

源治郎は、重蔵とそれほど年は違わない筈だが、隠居同然の暮らしを送っているせいか、ひとまわりも年上に見えた。役を退いて僅か半年余りなのに、鬢《びん》には白髪が目立ちはじめている。

(親の言うとおりに妻《めと》を娶っていれば、俺にも、喬之進くれぇの息子がいたのかもしれねえな)

思うともなく思いつつ、

「邪魔するよ」

重蔵はずかずかとあがり込んだ。

「いつも倅《せがれ》がお世話になりまして……」

座敷に通されるまでは、ただただ恐縮すること頻《しき》りだった源治郎だが、

「《猿》の辰五郎一味?」

その名を聞いた瞬間、顔つきが一変した。

いやに老けて見えた隠居面が、一瞬にして引き締まったのだ。

「はい。仰《おお》せのとおり、はじめて江戸で押し込みを働いたのは、文政《ぶんせい》四年十一月のことでございます。…ええ、覚書にはそれがしが記載いたしました故、よく覚えております」

記憶の糸を手繰《たぐ》るために一旦閉じられた双眸《そうぼう》が再び開かれたときには、その満面に、実直と勤勉の色が漲《みなぎ》っている。

重蔵が睨んだとおりだった。

「《猿》の一味が、過去十数年間、江戸で働いた押し込みは、十五件でございますな」

と言い切った、自信の漲るその表情は、まさしく、記憶力に優れた能吏の貌《かお》に相違なかった。

「やはり、覚えておられたか」

「忘れるはずもございません。あれは、ひどい事件でした」

源治郎の目が宙に向けられ、まるでそこに過去の出来事が見えているかのようにじっと見つめる。

「なにしろ、家の者を一人残らず皆殺しでございますよ。三十年近く勤めてきて、あれほど極悪な一味は見たことがありませぬ」

静かな口調ながらも、強い怒りを秘めた源治郎の言葉に、重蔵もまた強く感じ入った。

「まったくだ。そんな奴らを、お縄にできねえなんてほうがあるかい」

「て、手がかりは……《猿》一味についての手がかりは何もなかったのでしょうか」

常とは別人のような顔つきの父親と重蔵の顔とを、半ば呆気にとられて見くらべながら、やや勢い込んで喬之進が口を挟んだ。

「残念ながら、ない」

「そんな……」

「一家皆殺しだぞ。当然目撃者もおらぬ。証拠も残さぬ」

茫然とする息子に、父は冷たく言い放ち、喬之進はただ無言で父の顔を見つめ返すだけだった。

「林田さん」

親子のあいだの微妙な沈黙を、重蔵は容赦なくうち破る。

「それは、確かかい？」

「はて？」

「《猿》一味のおこなった十五件の押し込み、すべて、確かに一家皆殺しだったか、ということだよ？」

「ええ、確かに」

「本当に？」

「………」

再度に及ぶ重蔵の問いに、源治郎は彼の真意を察したらしく、しばし口を閉ざして考え込んだ。

「文政四年十一月、文政五年二月、文政五年十月……文政六年五月……」

懸命に、記憶の糸を手繰り寄せている顔つきだった。

「そういえば……」

そしてふと、思い当たることがあったようだ。

「文政九年、いや、十一年……」

言いかけてまた口を閉ざし、深く考え込む様子を、重蔵はじっと見守る。

いまは、その卓越した記憶力だけが頼りなのだ。

「たしか、文政十一年三月でしたか、日本橋の両替商『大和屋』が襲われ、一家皆殺し……の筈が……」

「筈が？」

「行方知れずの娘がいたのです」

鸚鵡返《おうむがえ》しに重蔵は問い、源治郎の答えを待った。ところが、

「父上！」

不意に喬之進が頓狂な声をあげる。

「父上は、そ、その……《猿》一味とやらの押し込みのすべてを、覚えておられるのですか？」

「…………」

源治郎はさすがに鼻白《はなじろ》んだ顔で我が子を見た。

話が佳境に入っているというのに、ろくに空気も読めぬのか。源治郎は、怒りよりも寧《むし》ろ悲しみの隠《こも》る目で喬之進を見た。

「喬之進」

「はい？」

「佐亀《さき》に……母上に、酒肴《しゅこう》の仕度《したく》をするよう言ってきなさい。折角《せっかく》戸部様がいらして

くださったというのに、お茶だけでお帰しするというほうがあるか」

「あ、は、はい、ただいま」

喬之進はすぐに立ち上がり、部屋を出た。その素直さは、やはり貴重な取り柄だろう、と重蔵は思った。

「いや、林田さん、そのようなつもりでは……どうか、お構いなく。用が済めば、退散いたします故――」

それを見て重蔵は慌てたが、

「いえ、戸部様、弁《わきま》えのない奴で、申し訳ございませぬ。お恥ずかしい限りでございます」

恐縮したのは寧《むし》ろ源治郎のほうだった。

「まだまだ、勤めに出すのは早いと存じましたが、なにぶん一人息子故……」

いつのまにか、最前までの実直な能吏の顔から、息子を案じる愚直な父親の顔に戻っている。

(そういうものか)

重蔵は、そんな源治郎を少しばかり羨ましく思った。

子を持たぬ重蔵には、親の気持ちだけははかり知ることができないのだ。

面妖《おかし》な話だ。

娘が一人、忽然と消えてしまった、と言う。

「確かなのかい？」

少しく酒がまわりはじめてから、重蔵は改めて問い返した。

「確かです。三年前の記録ですから、探せば必ず見つかります」

多少酒がまわっても、変わらぬ口調ではっきり言い切る源治郎を、見直す思いで重蔵は見つめる。

「当時大和屋には、三人の娘と、一歳になるかならぬかという男の子がいました。《猿》一味は、そんな赤児同然の子供まで殺したんですよ。なのに、十五歳になる一番上の娘の死骸だけが、何処を探しても見つからなかったのです。十二と十の妹たちは、二親の死骸のすぐそばで殺されていました」

「娘たちと、赤児の母親は同じ女なのかい？」

「え？」

「いや、さすがに歳が離れすぎてると思ってな。十歳の娘の下が、その一歳になるかならぬかの赤児なんだろう？」

「ああ、そのことですか」

重蔵のあけすけな疑問に、源治郎は忽ち愁眉《しゅうび》を開いた。

「なるほど、戸部様が不思議に思われるのも道理でござる」

意外に明るい口調で言うではないか。

「ですが、大和屋の夫婦は、その後の聞き込みでわかったのですが、大変夫婦仲がよく、主人が外に女を囲うなど、考えられなかったのです。十五の娘も赤児も、同じ女将《おかみ》の産んだ子なのですよ」

「本当に？」

「ええ、本当に」

あまりに自信たっぷりに源治郎が言うので、

「林田さんは、大和屋の主人を、知っていたんですかい？」

重蔵は思いきって問うてみた。

「え？」

源治郎は、案《あん》の定《じょう》戸惑った顔をした。

「人から聞いた話だけで、それだけ自信たっぷりに言えるわけがねえ。言えるとしたら、林田さん自身が、大和屋の主人と親交があった場合だけだ」

「さすがでございますな」

源治郎はあっさり認めた。やはり、そこそこ酒がまわっていたせいかもしれない。

「大和屋の主人とは、それがし、確かに親交がありました」

「どういう経緯《いきさつ》で？」

「なに、たいしたことではござらぬよ。碁の仲間でござる」

「碁の？」

「大和屋の主人は、町家では珍しい碁の名手でした。あの当時、何度も対局した仲なのでござるよ」

「なるほど」

重蔵は納得した。源治郎のように記録係を申しつけられることの多い者は、日がな一日番屋に詰めていることも多い。なんの事件も起こらぬ限り、町の木戸木戸に設《もう》けられた番小屋は、噂好きの町人たちの溜まり場だ。長屋の井戸端では女房どもに邪魔されて勝負に没頭できぬため、番屋で囲碁や将棋に興じる者も少なくないのだ。そして、源治郎の好む遊戯が、攻めの遊戯である将棋《しょうぎ》ではなく、守りの遊戯である囲碁であるということも、なんとなく納得できたのだ。

「まあ、碁の他にはたいした道楽ももたぬ男でして、外に女を囲うどころか、吉原にさえ、殆ど足を向けてはおりますまい」

「堅物だったのかい」

「何方様《どなたさま》かとよく似ております」

「おめえさんに言われる覚えはねえよ」

重蔵は渋い顔で言い返したが、もとより口辺には苦い笑いを滲ませている。まさか、源治郎がそんな冗談を口にしようとは夢にも思わなかったのだ。若い頃から知っているといっても、同じ職場で過ごした時間は短い。ともに酒を汲んだこともなければ、それほど親しく話したこともなかった。

ともあれ、大和屋の娘は忽然と消えてしまった。おそらく、賊によって連れ去られ、遠国《おんごく》に売られたのだろう、というのが、当時の奉行、火盗改の長官たちが下した結論だった。

だが、他の押し込みの際には、間違いなく家族から使用人まで皆殺しにしている一味が、このときに限って娘を連れ去ったことの奇異は、捜査に当たったすべての者が抱いた疑問であろう。

(行方知れずになった『大和屋』の娘が、あの一座の小春太夫……若しくはお夏だとすれば、辻褄は合うな)

けて次の土地へ移るのは当然だ。

だが、小春太夫の一座は、決して客足が減ったわけではなかった。連日、大入り満員だった筈である。江戸でこれほどの人気を誇っていながら、敢えて他所へ行くというのは全く解せない。

（俺が、あんなこと言ったせいか？）

解せぬながらも、喜平次はそう理解しようとした。

（いま江戸を離れておけば、捕まる心配はねえんだ。これでよかったんだ）

思い込もうとして、懸命に自分に言い聞かせながら、それでも喜平次の足は、無意識に、一座の者が住まいにしている広小路裏下柳原同朋町《しもやなぎわらどうぼうちょう》の長屋に向いた。

両国橋が近いため、そのあたり一帯は、元々見世物小屋の芸人たちが多く住まっている。掘っ立て小屋同然の見世物小屋なら、芸人が小屋に住み着いてしまうこともあるが、江戸で長く興行を続けるような一座なら、小屋とは別に、芸人たちの住まいを用意する。

（引っ越しの準備かな？）

通りに面した長屋の木戸口からさり気なく覗き込んだ喜平次の目に、井戸端に群れている一座の者たちが見えた。その中に、小春太夫の姿もある。地味な紺浅葱《こんあさぎ》の棒縞《ぼうじま》を着て、井戸端で洗い物をしているその姿は、とても一座の人気太夫には見えない。

（無理もねえやな）

喜平次は、小春太夫と、的役の妹分とされている小夏とのあいだのカラクリに、無論気づいている。身ごなしを一瞥すれば、だいたいわかってしまうのだ。

しばらくその場に立って長屋の様子を窺っていたが、どうやら小夏こと、お夏の姿は見あたらなかった。

「お夏と座頭の八郎兵衛とは、今朝方一座の者に行方《ゆくえ》も告げずに旅立ったらしい」

「え？」

背後から低く囁《ささや》かれて、喜平次は仰天した。思わず跳び上がりそうになるが、なんとか堪えて、さあらぬていで顧みる。

「なんです、旦那。朝っぱらから、こんなところで」

「やはり、本当の小春太夫は、お夏という娘のほうだったんだな」

喜平次は、それには応えず、ただ茫然と、重蔵の顔を見返した。

「旦那」

「なんだ、その面《つら》ァ」

重蔵は表情を引き締め、少しく声を荒げて言った。

「朝っぱらからこんなところで油売ってるのは、てめえのほうだろうが、喜平次」

「油売ってるもなにも、おいらは別に……贔屓にしてた一座が上方に移るらしいって言うんでガッカリして、様子を見に来ただけですよ」

「ああ、そうかい」

「旦那こそ、なんですか、今時分こんなところをうろついて……奉行所の与力ってのは随分とお暇なんですね」

喜平次は懸命に平静を装い、やり過ごそうとしたが、そんなことで引き下がるような重蔵でないことは、もとより喜平次も承知している筈だ。

「なあ、喜平次、おめえ、一体、どこまでわかってるんだよ？」

「…………」

「小夏……お夏が、大和屋の娘だってことは、間違いねえんだろ？」

「…………」

「おめえが教えてくれねえからよ、お夏の親に金を貸したとかいう、あの金貸しの元締めとやらを、思いきり締め上げてきたんだぜ。……おめえが素直に話してくれてりゃあ、そんな目に遭わずにすんだのによう、気の毒に。あの元締め、しばらくは足腰立たねえよ」

「旦那がやったことでしょう。俺には関わりねえや」

「関わりねえ？　元締めは全部吐いたんだぜ。お夏の素性について嘘の証言をするように頼んだのは、おめえだってこともな」

「だ、だったらなんだって言うんです」

「だとしたら、お夏があぶねえって話だよ」

「え？」

「押し込みに入った家の者は必ず皆殺しにするのが《猿》の辰五郎のやり方だ。じゃあ三年前の『大和屋』のとき、なんでお夏を殺さなかった？」

「…………」

「辰五郎は、ハナからお夏を利用するつもりで命を助け、連れ去ったんだよ」

「どういうことです？」

「実のところ、俺もさっぱりわけがわからねえんだ。だから、辰五郎の身になって考えてみた」

喜平次は最早蜘蛛《くも》の巣にかかった虫けらの気分で、重蔵の次の言葉を待つしかなかった。

「辰五郎は、血も涙もねえ、根っからの極悪人だ。てめえの欲を満たすためなら、悪知恵も働く――」

「勿体《もったい》ぶらずに、言ったらどうですよ！」

「たとえば、押し込みで荒稼ぎした金を、まとめて何処かに隠す。あとで山分けしようという約束でな。だが、悪党の約束なんざ、あてにはならねえ。当然、独《ひと》り占めしようと思うだろうぜ。だったら、邪魔な奴らを消さなきゃならねえな」

「それで？」

「それで、悪党は考えた。金の隠し場所を知る仲間を、誰かに、殺させよう、ってな」

「なんだって、そんな七面倒なことをする必要があるんですよ。てめえでやればすむ話だ」

「ところが、その七面倒な真似をする必要があったのよ。《猿》一味として知られた奴らを順繰りに殺していって、最後には《猿》の辰五郎――てめえ自身を、この世から消しちまう。そうすりゃあ、お尋ね者のてめえを消して、別人として生きていけるんだからな」

「お、思いどおりになるとは限らねえ。金の隠し場所を知ってる一味の誰かが、先に辰五郎を殺しに来るかもしれませんよ」

「だから、身を隠したんだろ」

「………………」

「てめえはしっかり身を隠しておいて、すべてが終わったあとで、手先として使った者も殺せば、金はてめえの独り占め。なんの心配もねえや」

「そんなの、旦那の想像でしょう。考えすぎですぜ」

「だったらなんで、お夏が、的確に《猿》一味の残党を殺《や》れたと思うよ」

「………………」

　喜平次には、もうそれ以上言い返す言葉が見つからなかった。目の前が真っ暗になり、いまにも頽《くずお》れそうだった。

「わかってんのか、喜平次ッ、てめえは、てめえの見たことに目を瞑《つむ》ることで、お夏の身を危険に曝してるんだぜッ」

　とどめを刺すような重蔵の言葉に、喜平次はとうとう頽れた。その場に両膝をつき、両手をついた。

「お、俺は、どうしたら……」

「てめえの知ってることを、洗いざらい話すんだ。……今頃、お夏と辰五郎は、金の隠し場所に向かってる。八郎兵衛の正体は、辰五郎だ」

「そんな……」

「《猿》一味の金の隠し場所、おめえは知ってるんじゃねえのか、喜平次？」

「多分……」

「どこだ？」

「この前殺された、《カスリ》の弥助から聞いてたんですが……」

「てめえ」

相当な怒りのこもった目で、重蔵は喜平次を凝視した。やはり喜平次は、《カスリ》の弥助とも通じていた。ある程度予想はしていたが、一体いつになったら信頼を寄せてくれるのか。それとも、奉行所の与力と元盗賊が信頼し合うなど、土台無理な相談なのか。

「違うんだよ、旦那」

重蔵の怒りを瞬時に察し、喜平次は慌てて言い募った。

「聞いてたってのは、もう何年も前の話なんですよ」

「だから、なにを聞いてたんだよ」

「以前、《猿》一味の押し込みを手伝ったとき、盗んだ金はまとめて隠しておいて、何《いず》れ取りに行く、みてえなことを、頭の辰五郎が言ってたらしいんだ。勿論、弥助みてえな下っ端にゃあ、申し訳程度の報酬が与えられただけで、隠し金の在処なんか教えちゃもらえねえよ。けど弥助はその場に居合わせちまった」

「居合わせて、金の隠し場所を聞いちまったわけだな」

「弥助程度のこそ泥が、《猿》一味と見なされて殺されたんだとしたら、それしか理由が思い当たらねえ」

「なるほどな」

重蔵は、常と変わらぬ口調で言い、常と変わらぬ顔つきで肯《うなず》いたつもりだった。だが、実際には、目に見えてわかるほど、暗い顔つきになっていた。

喜平次は、おそらく、未だ自分に語っていないことが山ほどあるだろう。そのすべてを、彼が自ら語ってくれるまで、果たして自分はこの世に生を保っていられるだろうか。

(無理だな)

それが、重蔵の暗い表情の理由であった。

だが喜平次は、彼のその表情を、全く別の意味に受けとった。

「黙ってたのは悪かったよ、旦那。けど、盗っ人にだって、仁義ってもんはあるんだよ。昔の仲間のことを、ペラペラ喋れやしねえよ」

「ほぉう、弥助はおめぇの仲間だったのかい」

「同業者、って意味だよ。別に連《つる》んでたわけじゃねぇよ」

喜平次はたまらず抗議するが、

「まあ、なんとでも言えるよなぁ」

重蔵の反応は冷淡極まりない。

「お夏の身があぶねぇって、どういうことなんだよ、旦那ッ」

たまりかねて、喜平次は思わず声を荒げた。

「けどよう、お夏が下手人だとわかったら、旦那はお夏をお縄にするだろう」

「当たり前だ」

「不憫だと思わねぇのかよ。親兄弟を殺された上に、てめぇは罪人として裁かれる。いってぇ、なんのために生まれてきたんだよ」

「喜平次」

「なんだよ」

「親兄弟を殺した奴らを殺せば——仇を討てば、あの娘は幸せになれるのか？」

「…………」

「そんなわけがねぇってことくらい、おめぇだってわかってるんだろう。人を殺しておいて、幸せになれる奴なんか、いやしねえよ」

「………」

「何人も手にかけたんだ。あの娘だって、てめえの辿る運命くらい、わかってるんだ。わかってて、行き着くとこまで行かなきゃならねえ、と覚悟を決めてんだぜ。おめえほどの男が、なんでそんなこともわからねえんだ？」

「………」

「あの娘は、たとえお縄にならなかったとしても、仇討ちを成し遂げたら、自ら命を絶つつもりだよ」

「そ、そんな……」

「その覚悟がなくて、なんで、あんなうら若い娘に、何人も殺すことができたんだよ。生まれながらの悪党でもない限り、平然と人を殺せる奴なんて、いやしねえんだぜ」

口走るうちに重蔵は激し、喜平次の胸倉を摑み上げた。喜平次は黙って、されるがままに身を任せた。

「まあ、いいや。……行くぞ」

項垂れた喜平次から手を放すと、重蔵はさっさと先に立って歩き出す。

「行くって、ど、何処へ？」

「金の隠し場所だよ。十五軒も襲ってためこんだ金を、そんなに遠くまで運べる筈がねえ。一日あれば行って来られるところといやあ、だいたい相場は決まってる。どうせ、高尾《たかお》か小仏《こぼとけ》峠あたりだろう？」

「さすがですね、旦那」

喜平次は手放しで感心した。それ以外に、返すべき言葉が見つからなかったのだ。

五

「大丈夫かい、お嬢？」

「ええ」

八郎兵衛が足を止めて振り返ると、お夏は顔つきを引き締め、厳しい目つきで彼を見返した。

気の強い娘である。優しく労《いたわ》るような口調に対して、寧《むし》ろお夏は反発を覚えたようだ。

「あたしは全然平気よ、親爺さん」

「だったらいいが。……少し急ぐよ、もうじき日が暮れるから」

「わかってるわ」

肯いたお夏の口許には強い決意の色が漲り、眉根もキュッとつり上がっている。

ほぼ半日、歩き詰めに歩いてきた。

これから江戸に戻る旅姿の者たちと擦れ違いながら街道筋を歩いていたのも、もう随分と昔のことのように思える。

途中から、女の足ではちょっと難儀な山道となったが、お夏は決して音《ね》をあげなかった。それでも、出立した当初の元気は、さすがに失われつつある。なにしろ、今朝方江戸を発ってから一度も休息をとらずに来たのだ。

山中に分け入ってからは、既に一刻あまりが過ぎている。

「この先に、土地の者が使う樵《きこり》小屋があるんだ。日が暮れる前に、そこまでは行っておかないと……日が暮れてからの山歩きは更に難儀だよ」

「だから、わかってるって言ってるでしょ」

お夏は言い返し、疲労した足に鞭《むち》打って、懸命に歩みを速めた。いや、実際には速めようとした。足が重くて、思うようには進めない。木々のあいだから喧《やかま》しく響く茅蜩《ひぐらし》の鳴き声が、まるでそんな自分を嘲《あざわら》うかのようにも聞こえる。

「手を貸そうか、お嬢？」

との問いかけには、無言で首を振った。

初老といっていい年齢の男と比べて、気力体力が劣っているとは思いたくない。

(畜生)

表に出るのがいやで、小春を太夫に仕立ててはいるが、実際に一座の人気を担っている本物の太夫は自分だ。いまは、その思いさえもが、彼女を支える原動力となっている。

「平気だって言ってるでしょう」

お夏は自らを奮い立たせると、ぐいぐいと大股で歩き、遂に男の先に立った。

「気をつけな、お嬢。土が湿ってて、滑りやすいから」

心配そうな八郎兵衛の言葉には、無言で肯いた。

それからは、ただ懸命に足を速めるだけだった。両足が、まるで自分のものとは思えぬほどに重かったが、決して足は止めなかった。多分、一度でも立ち止まってしまったら、金輪際一歩も進めなくなる、ということがわかっていたのだ。

やがて、八郎兵衛の言う樵小屋が眼前に現れたとき、既に日は暮れ落ちている。

(着いた)

お夏はさすがに内心ホッとしたが、さあらぬていで一心に歩を進めた。あと、ほんの二十歩程度だが、気を抜けば、八郎兵衛の言うように、滑り落ちてゆきそうな急斜面であった。

「ここで、辰五郎が現れるのを待とう」

八郎兵衛は言って、自ら先に小屋に入り、お夏も黙ってそれに続いた。

中は当然真っ暗闇で、八郎兵衛が持参した蠟燭《ろうそく》に火を点《つ》けるまで、手探りの状態だ。

うっかり進むと、

「あっ」

忽ちなにかに躓《つまず》いて、転びそうになる。

「気をつけな、お嬢、いま灯りを点けるから」

という八郎兵衛の言葉とともに、小屋の中にぼんやりとした灯りが点る。

「え？」

明かりの点ったその瞬間、見慣れた筈の八郎兵衛の顔が、お夏の目には全くの別人に見えた気がした。

「どうした、お嬢？」

「ううん、なんでも……」

お夏はすぐに首を振った。そんな筈はない。錯覚だろう。終日歩いて疲労しすぎたための錯覚だろう、とお夏は思い、着物が汚れるのも構わず、その場にへたり込んだ。一旦座り込んでしまうと、そこでふっつりと緊張の糸も途切れたようで、

「腹が減ったろう」

と八郎兵衛に問われても、返事もろくにできなかった。

さすが《旋毛《つむじ》》の——とあだ名されるだけあって、本気を出した喜平次の歩みは鬼のように速い。

「急ぐぞ」

と言った手前、弱音を吐くわけにはいかなかったが、甲州街道に出るまでに、重蔵は早くも疲労困憊していた。寄る年波ばかりはどうにもならない。日頃の市中巡回で、足腰は鍛えているつもりだったが、こうまで長時間歩き続けた経験はなかった。

(しまった。馬だ。馬を借りてくれればよかった)

気づいて後悔したときにはもう遅い。

街道沿いのどこかで馬を借りようと思いついたときには、既に日没が近い。そんな時刻に、見ず知らずの者に馬を貸してくれるような問屋《といや》など、どこにもないだろう。貸せばそのまま返ってこないに決まっているからだ。親しくしている知り合いの家で

もあれば話は別だが。

「大丈夫ですか、旦那？」

喜平次に労《いたわ》られながらも、

「俺のことはかまうな。先を急げ」

重蔵は強がった。

ただの強がりではない。人の命がかかっているのだ。強がらざるを得ないではないか。

「なあ、喜平次、おめえ、この一連の殺しがはじまったときから、下手人があの娘だと、知ってたのかい？」

まだ楽に歩けていた頃、重蔵は喜平次に問うてみた。

「いえ、《小鼠》の八十吉がやられたあとですよ」

「だが、おめえは、八十吉がやられたとき、はじめて、前の二人も、《猿》一味の者だ、と言った。なんで、その前に教えなかった？」

「逆ですよ。八十吉がやられたから、前の二人ももしや、と疑って調べたんですよ。八十吉は辰五郎の片腕として名を売ってたから、やつの顔は知ってましたが、堅気の家に入り込んでる引き込み役の顔までは知りませんからね」

「それで、下手人が、《猿》一味に恨みをもつ者だと目星がついたからには、その次の殺しを未然に防ぐ術《すべ》もあった筈だな」

「偶然なんですよ、弥助殺しの現場に居合わせちまったのは」

「偶然？」

「たまたま、大川端を歩いてるときに……」

「賭場の帰りにか？」

「仕方ねえでしょう、博奕はおいらの生業《なりわい》なんですから」

「だから、そっちも足を洗って、早く正業に就け、と前から言ってるだろう」

「はいはい、こっちも聞き飽きましたよ。そりゃ、おいらみてえなヤクザ者を雇ってくれるってぇ殊勝なお店《たな》があれば、喜んで勤めますけどね」

「てめえみてえな強面《こわもて》を雇うお店が、あるわけねえだろ。だいたい、今更お店勤めなんぞする気もねえくせに、なに抜かしやがる」

「じゃあ、こんな強面は、土台堅気にはなれねえってことでしょう」

「ったくてめえは、口が減らねえな。お店勤めだけが堅気じゃねえだろうが」

「棒手振りでもしろって言うんですか？」

「棒手振りなら、てめえの才覚一つでなんとかなるだろうよ」

「この年ンなって、いまからなにか、ものになるような稼業があると思いますか？」

「そんなもの、おめえの気持ち次第だろうが。二八蕎麦屋《にはちそばや》の屋台を持つくれえの金なら、いつでも出してやると言った筈だぞ」

「ありがたくて、涙が出ますね」

「喜平次、てめえ――」

「そんなことより、弥助殺しを目撃したときの話はいいんですかい？」

その頃には、すっかりいつもの調子を取り戻した喜平次から揶揄《やゆ》する口調で問い返され、重蔵はしばし憮然とした。

それから、黙って喜平次の話を聞いていた。

喜平次が、たまたま殺しの現場に居合わせてしまったこと。殺されたのが、盗っ人仲間の弥助だと知り、それから昔の同業者たちに聞き込んで、弥助が、《猿》一味の押し込みを手伝っていたらしいと突き止めたこと。それ故、一連の殺しが、《猿》一味に恨みをもつ者の仕業ではないかと疑ったこと、等々。

「で、殺しの手口から、出刃打ちの太夫が怪しいと目星をつけて調べるうちに、お夏の素性を知った。それで不憫になって、仇討ちを遂げさせてやろう、と思ったわけか」

「……………」

「金貸しやら、近所の連中やら抱き込んで、偽の証言までさせやがるたぁ、いくらなんでも、肩入れしすぎだとは思わなかったのか？」

「別に、抱き込んだわけじゃありませんや」

「じゃあ、なんだ？」

「お夏は、一家が皆殺しになったあと、本当に、浅草青龍院裏の長屋に住む、おまさと新吉《しんきち》ってぇ夫婦に引き取られて、しばらく一緒に暮らしてたんですよ」

「なに？」

「二親《ふたおや》と妹たちを目の前で殺されたお夏は正気を失って、てめえが誰なのかもわからねえまま、一人でふらふら歩いてたんでしょうよ。そこに、同じ年格好の娘を亡くしたばかりのおまさと新吉が居合わせた。それで、正気を失ったお夏を不憫に思って、家に連れてったんですよ。町方も火盗も、皆殺しにされた一家になんぞ興味はねえでしょう。お夏一人がいなくなったからって、別に探しもしなかったんでしょうよ」

「そんなことはない」

重蔵は強く言い切ったが、

「探したとしても、どうせいい加減な探し方ですよ。現に見つけられなかったんだから」

　あっさり喜平次に決めつけられ、それ以上異を唱えることはできなかった。

「だが、お夏が正気を失い、己が誰かもわからぬようになっていたというなら、何故仇討ちを思い立った？」

「思い出したからでしょう」

　こともなげに喜平次は言ったが、重蔵には納得できなかった。

　恐ろしい目に遭った者が正気を失い、それ以前の記憶をも失ってしまうというのは、それほど珍しいことではない。仕事柄、重蔵も話に聞いているし、そういう者を間近に見たこともある。

　だが、一度記憶を失った者が再びそれを取り戻して己が何者なのかを知るためには、なにか大きな切っ掛けが必要だということも、聞いている。何事もなく暮らしていて、不意に記憶が甦ることが全くないとはいえないかもしれない。だが、復讐を思い立ち、それを実行するほどの強い思いを抱くには、なにかよほどのことがあった筈だ。

「その夫婦は？　おまさと新吉は、その後どうなったんだ？」

「金貸しを締め上げて聞き出したんじゃねえんですか？　借金作って、逃げたのは本当ですよ。ただ、逃げたのは一年前じゃなくて、お夏が二人に引き取られてまだ間もない頃だったようですが」

「それでおめえは金貸しを脅して、お夏が一座に売られたのは一年前だと言わせたわけか？」

「どうせ、臑《すね》に傷のある輩《やから》ですからね。お上に目をつけられたくねえだろ、と脅せば、余計なことは言いませんや」

「なるほど」

肯きながら、重蔵は思案を巡らせていた。

だいたいのところは、重蔵の睨んだとおりであるらしい。だが、重蔵の想像が及ばぬところで、お夏という娘の身には、更なる悲劇が襲っていたのかもしれない。それがなんなのかを想像すると、重蔵の心は重く打ち沈んだ。

（喜平次が、不憫に思って庇《かば》いたくなったのも無理はねえ）

もっと早く、ことの真相を知る術はなかったのだろうか。

（いや、たとえ知ってたとしても、今更どうにもならねえが）

絶望的な思いで押し潰されそうになる気持ちを奮い立たせ、重蔵は懸命に先を急いだ。一つの命を救いたい、という切なる願いは、つい止まりそうになる足を動かすには充分だった。

六

目が覚めたとき、体の自由が失われていることを、お夏はさほど奇異には思わなかった。

昨日、ほぼ一昼夜歩き詰めて、疲労はその極に達していた。いつ寝入ってしまったのかも、覚えていない。小屋に到着してすぐに力尽き、頽れるようにしてその場に倒れた。そのまま寝入ってしまったのだろう。

耳許《みみもと》で、八郎兵衛がなにか囁く声を聞いた気がするが、果たしてなんと言っていたかまでは聞き取れなかった。

そしていままた、彼はなにか囁いているようだ。

「目が覚めたかい？」

いままで聞いたこともないような冷めた声色語調に驚き、お夏はつと目を覚ました。目を覚まして身を起こしかけたとき、己の四肢が拘束されていることを、はじめて知った。あたりがぼんやり仄白《ほのじろ》く見えるのは、既に夜が明けて、外から明かりが射し込んでいるからだろうか。

「え？」

お夏の体は、両腕を背にまわされ、きつく縄をうたれていた。

「よく眠れたか、お嬢？」

「親爺さん？」

身動きに不自由な縛られた体を懸命に動かし、漸《ようや》く身を起こすと、目の前に、ニヤつく男の顔がある。それは、よく見知っている男のものでもあり、全く見知らぬ男のものとも見えた。

「この縄はなにッ？」

すぐさま頭に血を上らせ、お夏は叫んだ。

「一体なんの悪ふざけよ？」

「別にふざけちゃいねえよ」

「だったら、ほどいて！」

「そうはいかねえ。普通の娘なら、こんな手荒な真似をする必要はねえが、おめえみてえに危ねえ技を身につけた娘にゃあ、相応のもてなし方があるんだよ」

と益々楽しげに笑う八郎兵衛の手の中には、見覚えのある刃が光っている。日頃の温顔《おんがん》はすっかり影をひそめ、絵草紙でしか見たことのない悪鬼のような顔をしていた。

「あ……」

いつでも使えるよう、袂《たもと》に隠し持っていた出刃がなくなっていることに、お夏は気がついた。

「な、なにを！」

「まだ、わかんねえのか、お嬢。小賢《こざか》しい娘だと思ってたが、存外察しが悪いなぁ。ま、だからこそ、そんな羽目に陥《おちい》ってるんだがよう」

「………」

底低い声音に、お夏を嘲《あざわら》う冷ややかな口調は、彼女のよく知る八郎兵衛のものではなかった。いや、声色口調どころか、その冷たい顔つきも、既に情け深い座頭《ざがしら》のものではない。

「お前、誰？」

恐る恐る、お夏は問うた。

「やっと訊いてくれたか。おめえがあんなに会いたがってた男だよ」

「ま、まさか……」

お夏の体は無意識に震える。

「そのまさかだよ。お前の親兄弟を殺した憎い仇の、《猿》の辰五郎だよ、はっはっはっ」

「………」

茫然と見つめ返すお夏に向かって、その男はなお冷酷な言葉を吐いた。

「いままで、俺の言うなりに邪魔者を消してくれた礼を言うぜ、お嬢」

「お前が…お前が辰五郎？　まさか……」

「ところが、そのまさかなんだよ。まさか、当の親の仇が現れて、仇討ちをすすめるなんぞ、夢にも思わなかったろう？」

「はじめから、そのつもりであたしを一座に入れたの？」

「はじめは新吉とおまさに預けるつもりだったが、奴ら、妙な仏心《ほとけごころ》をだしやがって、おめえを逃がしちまいそうだったからなぁ」

「そ、そんな……それで、二人を殺したの？」

「ほぉう、それは覚えてるのかい？」

「………」

お夏は絶句した。

大和屋が襲われて、一家が皆殺しになったとき、裏の物置の中に隠れていて難を逃れたお夏を連れ出してくれたのは、おまさと新吉の夫婦だった。自分の名も思い出せぬほど錯乱したお夏に、二人は優しく接してくれた。

その二人が、自分の目の前で殺された。その無残な光景は、お夏に、失われていた記憶をとり戻させた。その後引き取られた見世物一座の座頭が、憎い仇その人とは夢にも思わなかったが。

「いままで俺の言いなりになってくれたせめてもの礼代わりに、苦しまねえよう一思いに殺してやるぜ」

八郎兵衛——いや、辰五郎の手の中で、柄の短い出刃がクルクルと弄《もてあそ》ばれる。

「畜生ッ、てめえみてえな悪党は、地獄へ堕ちろッ」

「ふはははは……地獄へ堕ちるのはおめえのほうだぜ、お嬢。何人も殺《や》っちまったんだからな。念仏でも唱えたほうがいいんじゃねえか」

「てめえこそ、念仏唱えるんだなッ」

唐突な男の怒鳴り声に驚き、辰五郎は小屋の戸口を顧みた。いつのまにか板戸が開かれ、そこから、強面の町人と身なりのいい武士の二人が飛び込んでくるところだった。

「糞ッ」

瞬時に出刃を投げ捨て、傍らに置いてあった長めの道中差しを抜いて斬りかかったのは、さすが百戦錬磨の悪党だけのことはある。だが、その切っ尖を、強面の町人――喜平次は軽く鼻先にかわした。

「馬鹿言え、悪党が、念仏唱えながらあの世に行くかよ」

喜平次が身をかわした先には、脇差しを抜きはなった重蔵がいる。

「野郎ッ」

逆上して更に斬りかかる辰五郎の切っ尖を脇差しで跳ねると、その返しの太刀を、辰五郎の無防備な脇腹に容赦なく叩き込む。

「ぐぅへッ……」

気味の悪い呻《うめ》きをあげて辰五郎はバタリと倒れ込み、恐怖に戦慄《おのの》くお夏の目に、刀を手にした重蔵と、その横に佇《たたず》む喜平次の姿が映った。

飛び込んできた武士と町人には見覚えがあったが、だからといって、彼らに対してなにを言えばよいか、わからなかった。だから黙って、更なる恐怖に堪えているしかなかった。

「殺しちまったんですか？」

「いや。こんなところで、楽に死なせるわけがねえだろ。こいつには、似合いの場所でくたばってもらうよ」

「三尺高ぇ木の上ですかい？」

二人の交わす言葉は、そのまま自分に対するものだと、お夏は思った。思うと、知らずに涙が溢れた。獄門にかけられることを恐れての涙か、それとも、いまこの瞬間生きているということへの安堵の涙なのか。それはお夏自身にもわからなかった。

終　章　大江戸日和《びより》

一

雲の流れが速い。

暦の上ではまだまだ夏かもしれないが、季節は既に秋を迎えつつある。情け容赦のない追い風に流された雲は、或いは生まれ故郷まで流れてゆくのかもしれない。

「お京」

名を呼ばれても、すぐには返事をせず、空の端から次第に茜《あかね》の色が広がってゆくのをぼんやり見上げていた。

「お京」

男は更に呼びかけるが、お京は一向に振り向かない。駆け引きではない。駆け引き抜きにしても、その男に馴れ馴れしく名を呼ばれて、機嫌良く応じる気にはなれなかった。

（なんだい、いまさら）

腹立たしさを沈黙の中に呑み込んで、お京は男を無視している。

「なあ、お京」

だが、男は、自分の声が届いていないと思ったのか、更に馴れ馴れしい口調で呼びつつ、お京のすぐ隣まで近寄った。

「うるさいねぇ。お京お京って、物売りじゃないんだよ」

「変わらねえな、おめえは」

男――喜平次は苦笑し、

「旦那も物好きなお人だぜ。なんだって、おめえみてえな女に惚れたのか」

やや眩《まぶ》しげに顔を顰《しか》めてお京を覗き込んだ。お京はチラリと喜平次をふり仰ぐが、すぐに目を逸《そ》らした。

逸らした視線は眼下に落とし、暗い流れを見つめてゆく。一見至極自然な所作のように見えて、実は、それ以上男の顔を見てしまったら、腹中深く呑み込んでいる感情が堰《せき》を切って迸《ほとばし》りそうで恐かったのだ。

その後の重蔵の顔つき言葉つきは、最早我が子を案じる慈父の如きもので、「男」を感じさせる様子は微塵も見られなかった。

それから重蔵は、喜平次と自分との関係をお京に説明し、更には、三年間お京の許を訪れなかったのも、或いは自分が喜平次に言いつけた事案のせいではないか、と言い置いて、帰って行った。

それについて、喜平次はなんとも言わなかった。喜平次とて、決して鈍い男ではない。重蔵に対するお京の様子から、およそのことは察せられた。その上で、自分とお京との過去を知った重蔵が、そのとき瞬時にお京を諦めた、ということも。

(なんだよ、分別くせえ親父みてえに。いけ好かねえな)

それ故大人ぶった重蔵の配慮に、内心反撥していた喜平次だったが、そこは男同士だけに、理解できる部分もある。もし喜平次が重蔵の立場であれば、矢張り同じようにふるまっただろうと、時が経つほどに思うようになった。ならば、年長者の配慮には、素直に従うべきではないか、とも。

なにより、喜平次自身、お京に未練があるからこそ、こそこそと家のまわりをうろついていたのだ。

「旦那なら……いや、旦那のほうが、おめえを幸せにできるんだろうな」

お京が視線を落とした小名木川《おなぎがわ》の流れを同じように見つめながら、遠慮がちに喜平次は言った。

「おめえも満更じゃねえんだろ」

「…………」

「旦那のほうがいいってんなら……」

「やかましいね！」

お京はやおら柳眉《りゆうび》を逆立《さかだ》て、喜平次の言葉を遮った。

「旦那は……」

言いかけて、だが途中で言い淀み、

「だいたい与力の旦那が、あたしみたいな女を、本気で相手にするわけがないだろう。芸者あがりで、盗っ人の情婦《いろ》だった女なんかを……」

自嘲をこめて強く言い切った。

「あの旦那は、そんなお人じゃねえよ」

流れに目を落としたままで喜平次は言った。

(そんなこと、知ってるよ)

心の中で、お京は応じた。

二人が並んで立つ橋の下を、雲よりもなお速い流れが奔《はし》ってゆく。じっと見つめ続けていると、その暗い流れの中にいまにも呑み込まれそうな錯覚をおぼえる。

「そんなことより――」

その恐怖にかられて、お京は漸《ようや》く顔を上げた。

「そのお夏っていう娘《こ》、どうなるんだい？」

「さあな」

ほぼ同時に喜平次も顔を上げたので、奇《く》しくも、二人の視線は同時に互いをとらえてしまう。

「まさか、獄門に――」

「そんなことはねえよ」

お京の口走る言葉を瞬時に遮ることができたのは、その瞬間互いに見つめ合っていたからにほかならない。

「お夏の命を助けたいからこそ、旦那は高尾まで行ってくれたんだぜ。……すべては辰五郎に唆《そそのか》されてやったことだ。なんとか、江戸払いですませたい、って旦那は言ってた」

「でも、若い娘が、江戸から追放されて、縁のない土地に行っても……」

「それは問題ないだろうぜ」

再びお京の言葉を遮り、殊更明るい声音で喜平次は言った。

「花形太夫《たゆう》を失った一座は、もう江戸じゃ興行できねえや。きっと、上方《かみがた》へでも流れるんじゃねえかな」

「え、それじゃあ？」

「人は、どんなに傷ついて、もうてめえなんざどうなってもいいと思ってるときでも、本気で心配してくれる者がそばにいると、なんとかやり直そうって気になるもんだ、って旦那が言ってたよ」

「本気で心配してくれる人？」

「あの一座には、お夏と同い年の、小春って娘がいるんだよ。小春は、俺と同じ、生まれながらの孤児《みなしご》だが、一座の中で大切に育てられた、気だてのいい娘だ。きっとお夏の救いになるだろう、……って、これも旦那の受け売りだけどな」

「だったら、間違いないね」

お京は漸く愁眉《しゅうび》を開いた。

「旦那がそう言ったのなら、安心だよ」

「え？」

喜平次が一瞬戸惑うほどの明るい笑顔を見せてくる。

「なんだよ、急に……」

「だって、そうなんだろ。だからあんたも、そんなふうに言うんだろ？」

「………」

「さ、風も冷たくなってきたし、もう帰ろ」

不意に、踵《きびす》を返して、お京は言った。

「どうするの？」

唐突なお京の問いに、喜平次は更に戸惑う。

「え？」

空の色と同じく茜に染まったお京の顔を、でくの坊のようにただ見つめる。

「一緒に帰るかって聞いてんだよ、すっとこどっこい」

激しく舌打ちをしてから、早口に言い捨てて、お京は歩き出した。

その刹那、喜平次は思いきり間抜けな顔でお京の背を見送った。

「一緒に……」

次の瞬間、喜平次は雷《かみなり》に打たれたような顔をした。

「帰っていいのかよ」

口走りざま、即座に彼女を追っていた。

「待てよ、お京」

お京は足を止めず、先を急いだ。喜平次がそのあとを追う。家まで追ってくるだろう。

そのとき、どんな顔をすればいいのか、考えながらお京は先を急いだ。そのときが、少しく不安で、同時に楽しみだった。

二

「ひでえもんでしょう」

権八は、入ってきた重蔵を見るなり、彼が部屋の中を確認するのも待たずに言った。

「旦那が、女房と二人の子供を殺して、てめえは首を括《くく》ったんですぜ」

と権八が説明するとおりの有様を一瞥するなり、重蔵は絶句する。

無理心中らしいと聞いたときから、ある程度予想はできていたが、実際に見ると矢張り無惨だ。子供たちは二人とも、まだ十にもならぬ幼児であった。苦しい思いをさせまいと、ひと突きで殺しているのは、せめてもの親心だろうか。

「なにも、子供まで道連れにするこたあねえのによ」

「遺《のこ》されて苦労するのが不憫《ふびん》に思えたんじゃねえんですかね」

「苦労するかしねえか、そんなこたあ、生きてみなきゃわかんねえんだよ」

訳知りな権八の言い種《ぐさ》が勘に障って、重蔵はつい語気を荒げた。滅多にない重蔵の反応に、権八は意外そうな顔をした。

例によって、早朝、目明かしの権八の手先が、重蔵の屋敷に駆け込んできた。下谷《したや》御数寄屋町《おすきやちょう》の小間物屋の一家が、全員無惨な死骸で発見されたというのだ。

殺しではなく、覚悟の上の一家心中らしいということだったが、重蔵はいつもどおり現場へ足を運んだ。殺しかどうかは、実際に死骸を見るまでわからない。予断は禁物なのだ。

(心中で間違いねえようだな)

主人の死骸が、梁《はり》から下ろされるのを無言で見守りながら、重蔵は思った。

店舗と住まいが一緒になった家の中は、一間ほどの店先も床がのべられた寝間にも荒らされた様子はなく、家族以外の者が出入りした形跡は見られなかった。なにより、盗賊に狙われるほどの店ではない。或いは、主人一家に恨みを持つ者が巧妙に心中を偽装したかもしれない、とも考えられるが、ここへ来る道々、権八の手先から聞いた話では、主人夫婦は到底人から恨まれるような人間ではない、ということだった。

怨恨の可能性が低く、殺しの痕跡も見られないとなれば、九分九厘心中で間違いない。

「で、心中の理由はなんだ？」

訊くともなしに、重蔵は尋ねた。

「さあ……調べてみねえとわかりませんが、たぶん、借金を苦にしてのことじゃねえんですかね」

「借金？」

「ええ、この店を出すために、相当の金額を借りてたでしょうから」

「商売人が、返せる見込みのない無理な借金などするものか。ましてや、幼子《おさなご》がいるのだぞ。店など持たずに棒手振りをしていれば、家族が食っていけるほどの稼ぎにはなるだろう。それを、敢えて店を構えたからには、多少の借金をしても、やっていけるという見込みがあったのだ。それなりの得意先もあったろうしな」

「なるほど」

権八は感心したように重蔵を見た。

いつもながら、理にかなった言い様だ。町家の暮らしなど知り得よう筈もない武家の生まれ育ちでありながら、世故《せこ》にも長《た》けたその知恵の深さは、一体どこから出て来るのか。

「亭主がとんでもねえ道楽者で、女房に内緒の借金をつくっちまったとなれば、話は別だけどな」

「なるほど」

権八は一々納得させられる。

「けど、ここの亭主は、道楽なんぞとはおよそ縁のねえ、生真面目な男だったっていうじゃねえか」

「ええ、そのはずですが……」

「まあ、いいや。殺しじゃねえことは間違いねえようだ。早く、身内の者に知らせてやりな」

言い置いて、重蔵はゆっくりとその場を離れた。

元来た道を辿り、数寄屋橋を渡っているとき、背後に敵意のない気配を感じた。

「随分、早ぇな」

「たまたま近くに来てたんですよ」

喜平次の声音が妙に華やいで聞こえることを、重蔵は些かほろ苦く思った。

（お京の家から来たのかな）

嫉妬するほど若くはない、と思っていたのに、気がつけばついそんなことを考えている。

（情けねえもんだな）

無意識に自嘲したとき、

「あの店の亭主が、何処から借金してたか、ご存知ですか？」

存外生真面目な口調で喜平次が言った。

「え？」

「どうやら、質《たち》の悪い札差らしいんですよ」

「札差だと？」

重蔵の頭から、瞬時に浮ついた妄想が潰《つい》える。

「馬鹿を言え。札差が、なんで町家の小間物屋の主人に金を貸すんだ」

頭から否定しながらも、同時に喜平次の言葉を促したのは、話を聞きたかったから
にほかならない。

「その札差は、元々上方《かみがた》から流れてきた高利貸しで、阿漕《あこぎ》なやり方で荒稼ぎした金で、
まんまと札差株を買ったそうですぜ」

「どこの、なんて札差だ？」

「たしか、浅草蔵前の、『和泉屋』」

「『和泉屋』？」

その名に聞き覚えがあるのは、別に不思議なことではない。この時代、武士の暮らしに重要な意味を持つ札差業者は、商人の中でもかなり格が上で、氏《うじ》素性の定かならぬ者がその職に就くなど、かつてはあり得ぬことだった。時代が下がり、札差の株（営業権）も金で売り買いされる世の中となったが、世間体《ていはばか》を憚り、売り主はその屋号ごと株を売ったので、伊勢屋《いせや》・板倉屋《いたくらや》・和泉屋等、老舗《しにせ》の名は後々まで残った。株を買い取ったほうも、この商売をするなら、老舗の看板を掲げたほうが得策と考えたのだろう。故に札差には、同じ屋号の店が矢鱈《やたら》と多い。

その意味で、和泉屋は、珍しくもない屋号だった。

だから、そのとき「和泉屋」と聞いて重蔵の胸を過《よぎ》ったいやな感じは、所謂《いわゆる》虫の知らせとでもいうべきものだったろう。

昨夜、矢部定謙がお忍びで重蔵の屋敷を訪れた。

「ど、どうなされました？」

重蔵は驚き、戸惑ったが、

「あの《猿《ましら》》の辰五郎を召し捕って、獄門台へ送ったそうではないか。祝いだ」

と言われ、悪い気はしなかった。

矢部が持参した見事な真鯛を肴《さかな》に、久しぶりに酒を酌み交わし、ともに強か《したた》酔った。

だが、宴が酣《たけなわ》となったとき、矢部は気になることを口にした。

「こうして、ともに酒を汲むのも最後かもしれぬ」

「さもありなん、左近将監さま」

得たり、とばかりに悪ふざけして重蔵は言った。

「ご老中に楯突いたかどで、左遷でございますな」

酔った重蔵の冗談に、矢部は笑わなかった。

「多分な」

笑わず、真顔で言い返してきた。

「左遷されて、或いは、南町奉行職などに就くやもしれぬ」

「…………」

「仮にそうなったとしても、そのほうは、奉行との伝手《つて》を頼みに、立身など望んではならぬぞ、信三郎」

「なにを……」

仰《おお》せられるやら、と言いかけて、重蔵は言葉を止めた。矢部が、その幼名で重蔵を呼ぶときは、冗談めかして本音を吐いているのだということを、漸く思い出したのだ。思い出して、瞬時に酔いが醒め果てた。

「彦五郎兄」

だから重蔵も、思わず幼名で矢部を呼んだ。

「よいか、信三郎、俺はこの性分だ。おそらく死ぬまで治らぬ。たとえどのような役職に就こうと、長くその地位にとどまることはできぬだろう。……ご老中から、蛇蝎《だかつ》の如く嫌われてもいるしな」

さすがに声をひそめたが、言い終えるなり、矢部は少しく自嘲した。

「だから、よもや俺が南町奉行の職に就いたとしても、必要以上に俺に近づいてはならぬ。馴れ馴れしくしてはならぬ。親しい、と余の者に気づかれてはならぬ。わかったか?」

「はい」

重蔵は即答した。即答せねばならぬだけの強い意志が、矢部の言葉には込められていた。

「肝《きも》に銘じて」

だから、なお強い語調で重蔵は答えた。

やがて矢部は去り、重蔵はそのことの意味を考え続けた。矢部が彼を訪れたことの、二重の意味を、である。

矢部左近将監定謙という男は、たとえ気を許した重蔵相手にでも、意味のない戯《ざ》れ言《ごと》を口にする男ではない。その矢部が言う以上、遠からず、彼は南町奉行の職に就くのだ。そのとき矢部は、己の保身など微塵も考えず、ただ己の為すべきことを為すだろう。たとえその結果、自らの地位を逐《お》われることになろうとも。

だから重蔵は、今後矢部の身近にいてはならない。矢部がその地位を逐われても、重蔵は同じ場所に居続けなくてはならないからだ。もし身近な側近だと知られれば、一蓮托生の運命を辿《たど》ることになるだろう。

そして、南町奉行となった矢部が、果たして、なにをおこなおうとしているのか。

おそらく、ただ一つの不正も許さぬであろうことは、想像に難くない。

(大名・旗本の財布を一手に握ってる札差の不正……こいつは、厄介すぎる問題だぜ、彦五郎兄)

心で呼びかけてから、ふと喜平次を顧みた。

「旦那？」

「すまねえ、考え事をしちまった。なんか言ったかい?」

「いえ、橋の向こうから来る若い男が、ずっと旦那を見てるもんで」

「若い男?」

「藍《あい》弁慶の、ちょっといい男ですよ」

と喜平次に耳打ちされ、重蔵は我に返って行く手を見た。橋を渡ってくる大勢の人の中に、すぐに見知った顔を見出した。

(青次か)

紺《こん》と浅葱《あさぎ》の小粋な弁慶縞《じま》を着流したその風情には、堅気《かたぎ》の気色《けしき》はあまりない。もし堅気なら、喜平次は目にもとめないだろう。遊び人とも悪党ともつかぬ、一種独特の雰囲気を放っているからこそ、喜平次は彼に目をとめた。

(しょうがねえなぁ)

重蔵は内心苦笑しながら、元掏摸《すり》の青年にそれとなく視線を送った。

(悪戯《いたずら》心を起こすんじゃねえぜ)

声に出さずにそう言ったつもりだったが、

(起こすわけねえでしょう)

擦れ違う瞬間、青次からあっさり囁かれて、拍子抜けした。

(そりゃ、そうだよな)

もし、以前の稼業に未練があるなら、これほど堂々と、重蔵の前に姿を見せられる筈がない。

「知り合いですか？」

喜平次に問われて、

「まあな」

短く応えてから、重蔵はふと足を止め、青次のほうを振り向いた。鮮やかな藍《あい》弁慶の背中は、見る間に人混みに呑まれてゆく。

「あいつ、掏摸《すり》でしょう」

喜平次に言い当てられ、重蔵は内心舌を巻いた。

(やっぱり侮《あなど》れねえな)

思ってから、改めて喜平次を顧みた。

どう見ても堅気には見えないその強面《こわもて》が、いまは存外可憐なものに思えて、重蔵はつい口許がほころぶ。

「そうでしょう？」

「ああ」

口許を弛《ゆる》めたままで、重蔵は肯いた。

《仏》と呼ばれるに相応しいその笑顔のまま歩を進め出した重蔵の目に、女の姿が映る。重蔵にだけ見える、幻の女だ。

（お悠、いたのか）

（ええ）

お悠は答えて、眩しそうに微笑んだ。

目に染みるような蒼天の下でも、その儚《はかな》い笑顔は、天女のように美しかった。

二見時代小説文庫

与力《よりき》・仏《ほとけ》の重蔵《じゅうぞう》 情《なさ》けの剣《けん》

著者 藤《ふじ》 水《み》名《な》子《こ》

発行所 株式会社 二見書房
東京都千代田区三崎町二－一八－一一
電話 〇三－三五一五－二三一一 [営業]
〇三－三五一五－二三一三 [編集]
振替 〇〇一七〇－四－二六三九

印刷 株式会社 堀内印刷所
製本 ナショナル製本協同組合

 ISBN978－4－576－14011－7
http://www.futami.co.jp/

枕橋の御前　女剣士 美涼1
藤 水名子［著］

島帰りの男を破落戸から救った男装の美剣士・美涼と剣の師であり養父でもある隼人正を襲う、見えない敵の正体は？ 小説すばる新人賞受賞作家の新シリーズ！

姫君ご乱行　女剣士 美涼2
藤 水名子［著］

三十年前に獄門になったはずの盗賊と同じ通り名の強盗が出没。そこに見え隠れする将軍家ご息女・佳姫《よしひめ》の影。隼人正と美涼の正義の剣が時を超えて悪を討つ！

公事宿《くじやど》 裏始末　火車《かしゃ》廻る
氷月 葵［著］

理不尽に父母の命を断たれ、名を変え江戸に逃れた若き剣士は、庶民の訴証を扱う公事宿で絶望の淵から浮かび上がる。人として生きるために……。新シリーズ！

公事宿 裏始末2　気炎立つ
氷月 葵［著］

江戸の公事宿で、悪を挫き庶民を救う手助けをすることになった数馬。そんな折、金持ちしか相手にせぬ悪名高い四枚肩《しまいかた》の医者にからむ公事が舞い込んで……。

箱館奉行所始末　異人館の犯罪
森 真沙子［著］

元治元年（1864年）支倉幸四郎は箱館奉行所調役として五稜郭へ赴任した。異国情緒あふれる街は犯罪の巣でもあった！ 幕末秘史を駆使して描く新シリーズ第1弾！

かぶき平八郎荒事始　残月二段斬り
麻倉 一矢［著］

大奥大年寄・絵島の弟ゆえ、重追放の咎を受けた豊島平八郎は八年ぶりに江戸に戻った。溝口派一刀流の凄腕を買われて二代目市川團十郎の殺陣師に。シリーズ第1弾

北冥の大地　八丁堀・地蔵橋留書1
浅黄 斑［著］

蔵に閉じ込めた犯人はいかにして姿を消したのか?・岡っ引き喜平と同心鈴鹿、その子蘭三郎が密室の謎に迫る！ 捕物帳と本格推理の結合を目ざす記念碑的新シリーズ！

天《あま》満《み》月《つき》夜《よ》の怪事《ケチ》　八丁堀・地蔵橋留書2
浅黄 斑［著］

江戸中の武士、町人が待ち望む仲秋の名月。その夜、惨劇は起こった……！ 時代小説に本格推理の新風を吹き込んだ！鈴鹿蘭三郎が謎に挑む。シリーズ第２弾！

神の子　花川戸町自身番日記1
辻堂 魁［著］

浅草花川戸町の船着場界隈、けなげに生きる江戸庶民の織りなす悲しみと喜び。恋あり笑いあり人情の哀愁あり、壮絶な殺陣ありの物語。大人気作家が贈る新シリーズ！

女房を娶《めと》らば　花川戸町自身番日記2
辻堂 魁［著］

奉行所の若い端女《はしため》お志奈の夫が悪相の男らに連れ去られてしまう。健気なお志奈が、ろくでなしの亭主を救い出すため、たった一人で実行した前代未聞の謀挙とは…！

蔦《つた》屋でござる
井川香四郎［著］

老中松平定信の暗い時代、下々を苦しめる奴は許せぬと反骨の出版人「蔦重」こと蔦屋重三郎が、歌麿、京伝ら「狂歌連」の仲間とともに、頑固なまでの正義を貫く！

火の砦（上）無名剣（下）胡蝶剣
大久保智弘［著］

鹿島新当流柏原道場で麒麟児と謳われた早野小太郎は、剣友の奥村七郎に野駆けに誘われ、帰途、謎の騎馬軍団に襲われた！ それが後の凶変の予兆となり…。

公家武者 松平信平《のぶひら》 狐のちょうちん

佐々木裕一［著］

後に一万石の大名になった実在の人物・鷹司松平信平。紀州藩主の姫と婚礼したが貧乏旗本ゆえ共に暮せない。町に出ては秘剣で悪党退治。異色旗本の痛快な青春

姫のため息 公家武者 松平信平2

佐々木裕一［著］

江戸は今、二年前の由比正雪の乱の残党狩りで騒然。背後に紀州藩主頼宣追い落としの策謀が……。まだ見ぬ妻と、舅を護るべく公家武者の秘剣が唸る。

四谷の弁慶 公家武者 松平信平3

佐々木裕一［著］

千石取りになるまでは信平は妻の松姫とは共に暮せない。今はまだ百石取り。そんな折、四谷で旗本ばかりを狙い刀狩をする大男の噂が舞い込んできて……。

暴れ公卿 公家武者 松平信平4

佐々木裕一［著］

前の京都所司代・板倉周防守が黒い狩衣姿の刺客に斬られた。狩衣を着た凄腕の剣客ということで、疑惑の目が向けられた信平に、老中から密命が下った！

千石の夢 公家武者 松平信平5

佐々木裕一［著］

あと三百石で千石旗本。信平は将軍家光の正室である姉の頼みで、父鷹司信房の見舞いに京の都へ……。松姫への想いを胸に上洛する信平を待ち受ける危機とは？

妖《あや》し火 公家武者 松平信平6

佐々木裕一［著］

江戸を焼き尽くした明暦の大火。千四百石となっていた信平も屋敷を消失。松姫の安否を憂いつつも、焼跡に蠢く悪党らの企みに、公家武者の魂と剣が舞う！

十万石の誘い　公家武者 松平信平7

佐々木裕一［著］

明暦の大火で屋敷を焼失した信平。松姫も紀州で火傷の治療中。そんな折、大火で跡継ぎを喪った徳川親藩十万石の藩主が信平を娘婿にと将軍に強引に直訴してきて…

黄泉《よみ》の女　公家武者 松平信平8

佐々木裕一［著］

女盗賊一味が信平の協力で捕まり処刑されたが、頭《かしら》の獄門首が消えたうえ、捕縛した役人らが次々と殺された。信平は盗賊を操る黒幕らとの闘いに踏み出した！

陰聞《かげき》き屋 十兵衛

沖田正午［著］

江戸に出た忍《しのび》四人衆、人の悩みや苦しみを陰で聞いて助けます。亡き藩主の無念を晴らすため萬ず揉め事相談を始めた十兵衛たちの初仕事の首尾やいかに⁉　新シリーズ

刺客 請け負います　陰聞き屋 十兵衛2

沖田正午［著］

藩主の仇の動きを探るうち、敵の懐に入ることになった陰聞き屋の仲間たち。今度は仇のための刺客や用心棒まで頼まれることに。十兵衛がとった奇策とは⁉

往生しなはれ　陰聞き屋 十兵衛3

沖田正午［著］

悩み相談を請け負う「陰聞き屋」なる隠れ蓑のもと仇討ちの機会を狙う十兵衛と三人の仲間たちが、絶好の機会に今度こそはと仕掛ける奇想天外な作戦とは⁉

秘密にしてたもれ　陰聞き屋 十兵衛4

沖田正午［著］

仇の大名の奥方様からの陰依頼。飛んで火に入るなんとやらで、絶好の仇討ちの機会に気持ちも新たに悲願達成を目論むが。十兵衛たちのユーモアシリーズ第4弾！

間借り隠居 八丁堀 裏十手1

牧 秀彦［著］

北町の虎と恐れられた同心が、還暦を機に十手を返上。その矢先に家督を譲った息子夫婦が夜逃げ。間借りしながら、老いても衰えぬ剣技と知恵で悪に挑む！

お助け人情剣 八丁堀 裏十手2

牧 秀彦［著］

元廻同心、嵐田左門と岡っ引きの鉄平、御様御用山田家の夫婦剣客、算盤侍の同心・半井半平。五人の〃裏十手〃が結集して、法で裁けぬ悪を退治する！

剣客の情け 八丁堀 裏十手3

牧 秀彦［著］

嵐田左門、六十二歳。心形刀流、起倒流で、北町の虎の誇りを貫く。裏十手の報酬は左門の命代。一命を賭して戦うことで手に入る、誇りの代償。孫ほどの娘に惚れられ…

白頭《はくとう》の虎 八丁堀 裏十手4

牧 秀彦［著］

町奉行遠山景元の推挙で六十二歳にして現役に復帰した元廻方同心の嵐田左門。権威を笠に着る悪徳与力や仏と噂される豪商の悪行に鉄人流十手で立ち向かう！

哀しき刺客 八丁堀 裏十手5

牧 秀彦［著］

夜更けの大川端で見知りの若侍が、待ち伏せして襲いかかってきた武士たちを居合で一刀のもとに斬り伏せた現場を目撃した左門。柔和な若侍がなぜ襲われたのか……。

新たな仲間 八丁堀 裏十手6

牧 秀彦［著］

若き裏稼業人の素顔は心優しき手習い塾教師。その裏稼業人に、鳥居耀蔵が率いる南町奉行所の悪徳同心が罠をかけてきたのを知った左門と裏十手の仲間たちは…